JN129999

片思い世界

坂元裕二

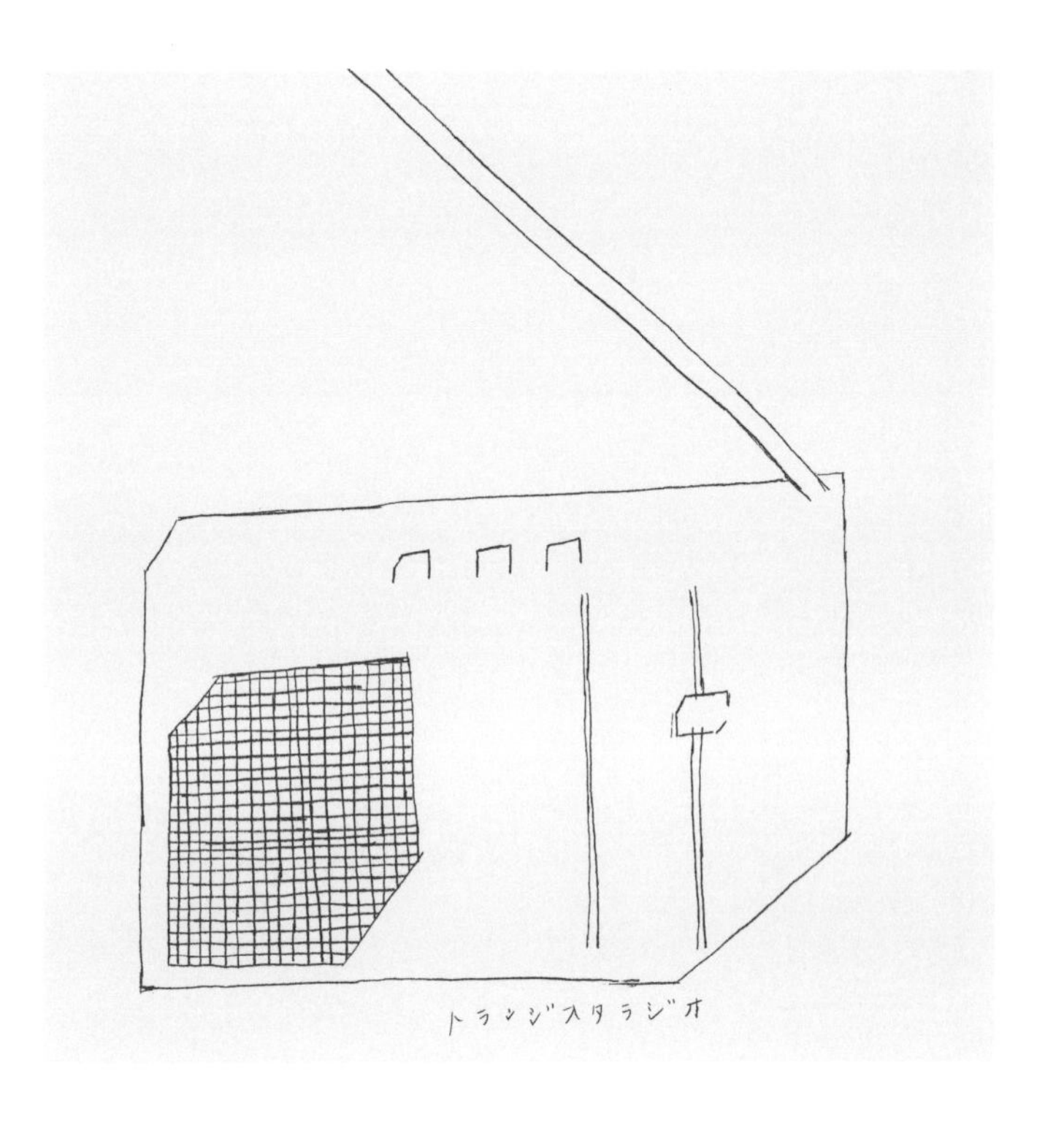

リトルモア

片思い世界

1　公立文化ホール・外

雪が降っている。

どこからかピアノの音が聞こえる。

東京城西地区主催の『第三十回合唱コンクール』のポスターが貼ってある。

パーカーのフードをかぶった若そうな男性の後ろ姿があって、ホールに向かって歩いていく。

2　同・リハーサル室

デスクに向かっている、合唱クラブの制服姿の、十歳の相楽美咲（さがらみさき）。

とても短くなった鉛筆で、ツバメノートに文章を書き連ねている。

前ページをめくりながら、表題に『音楽劇　王妃アグリッピナの片思い』とあり、演劇用の台本を書いているようだ。

登場人物アグリッピナとコルネリアの会話を書いており、うーんと悩んでは消し、書き直している。

美咲「（書きながら音読し）嗚呼。あなたのいない世界で、わたしはどこに行けばいいのか……」

美咲の背後に、ピアノに向かっている十一歳の高杉典真（たかすぎてんま）がいて、合唱曲『声は風』のフレーズを繰り返し弾いている。

お腹（なか）の鳴る音が聞こえた。

典真、手を止め、振り返って美咲を見る。

書き続ける美咲のお腹がまた鳴っている。

小さくて履きつぶして踵（かかと）を踏んでいる美咲の上靴。

見つめている典真。

美咲、よし！　と思って、『おわり』と書く。

美咲「出来た。典真、台本書けた（と、振り返る）」

しかしピアノの前に典真はおらず、メトロノームだけが動いている。

美咲「（止めて）典真？」

美咲、ノートをつかんで外に出る。
美咲と同じ制服を着た三十名ほどの児童合唱団の少年少女が来る（その中に、九歳の片石優花（かたいしゆうか）、八歳の阿澄（あずみ）さくらの姿がある）。

美咲「典真？」
みんなの中に典真を探すが、いないようだ。
廊下を走っていく美咲。

3 同・中庭～渡り廊下

雪が降るなか、見回しながら走ってきた美咲。

美咲「典真？」
姿はなく、諦めて廊下を戻ろうとすると、パーカーの男とぶつかった。
美咲、つんのめって、ノートを落とした。
パーカーの男の足元に落ちた。

美咲「ごめんなさい」
気付き、足を避（よ）ける男。

美咲、ノートを拾って、深々と頭を下げて。

美咲「ありがとうございます」

廊下を引き返していく美咲。

見送っているパーカーの男の後ろ姿。

4　同・廊下～リハーサル室

戻ってきた美咲。

室内から歌声が聞こえ、『かささぎ児童合唱クラブリハーサル中』と貼り紙が貼ってある。

美咲、ドアを開けて入ると、先ほどの合唱クラブ児童たちが合唱曲『声は風』の練習をはじめている。

玩具のマイクに入ったラムネを食べているさくら、携帯を手にしてウロウロしている優花の姿。

美咲、歌っている子たちに声をかけていく。

美咲「典真は？　高杉典真、いなかった？」

みんな、歌うのに夢中で答えてくれない。

美咲、優花に声をかける。

美咲「典真、知らない？　見て、（ノートを見せて）わたしが作った物語に典真が音楽を付けるんだよ」

優花「（あせってそれどころではなく）ママに電話しなきゃ」

その時、あー！　と声。

床にラムネを全部こぼしてしまって、今にも泣き出しそうなさくら。

美咲、それを見て駆け寄り、拾い集めてあげる。

優花も、かけかけた携帯をしまって、手伝う。

美咲「（さくらに）大丈夫、拭いたらいいよ」

優花「ぜんぜん食べれるぜんぜん食べれる」

美咲と優花、スカートで拭いて食べてみせる。

さくらもおそるおそる食べる。

微笑む三人。

上級生が通りながらみんなに向かって。

上級生「明日の本番は時間ないと思うんで、えっと、今からみんなで（カメラを示し）

写真撮りましょう」

全員が歌うのをやめ、並びはじめた。

上級生「(美咲、優花、さくらにも) 並んで」

うなずく美咲、優花、さくら。

美咲、ノートをどうしようかと思って、とりあえずメトロノームの横の備品入れの中にぽんと置く。

美咲、さくらを並ばせてあげながら、列に加わった美咲、優花、さくら。

上級生が机に置いたカメラのタイマーを押す。

美咲「(気付いて) あ、典真がまだ……」

その時、部屋のドアが開けられる大きな音がした。

美咲「典真 (と、見るが)」

美咲、あれ違った、誰だろう？　と思う。

全員が不思議そうにドアの方を振り向いたまま、カメラのシャッター音が鳴った。

タイトル　『片思い世界』

5　十二年後の現在になって、東京の街角（夕方）

賑やかな人通りのなか、二十歳のさくらが歩いてくる。
すれ違う人を自然と避けながら歩く。
抱っこされて寝ている小さな子供がぬいぐるみを落とし、さくらのすぐ前に落ちた。
視界に入ったはずだが、さくらは避けて通り過ぎる。
子供の母親がぬいぐるみを拾うが、さくらは振り返らず淡々と歩いていく。

6　通り～小径（夜）

歩いてきたさくら、表通りから小径に入る。

木々に覆われ、バスケットボールが転がっている小径を抜けると、古めかしい家が印象的な家があった。

7　三人の家・玄関前〜居間

開けっぱなしのドアから入ってくるさくら。

さくら「ただいま……」

すでに二人分の靴が揃えてあり、その横で靴を脱ごうとしていると、居間から出てきた二十一歳の優花。

優花、上がろうとしているさくらに気付き。

優花「待って、まだ」

さくら「ただいま」

優花「まだ、まだただいましないで、いったん帰って」

さくら「帰ったよ」

優花「違う、いったんやり直して。いったんいったんいったん……」

押し合いになる二人。

さくら、優花の腕をつかんで、折り紙をリングにして繋いだものを持っているのに気付く。

さくら「サプライズか」

優花「いや……」
居間から出てきた二十二歳の美咲。
美咲はパーティークラッカーを何個も持っている。
美咲「待って、まだ」
さくら、ため息をついて、クラッカーを取り上げ、数本とも雑に発射させる。
美咲・優花「あ……」
さくら「今年はやめろって言ったよな。一生サプライズ失敗してるよな。三年連続失敗……」
美咲「だって……」
さくら「向いてないの。毎回だまされたフリしなきゃいけないこっちの身にもなってくれ」
美咲「さくら、今日で二十歳だし」
優花「特別なことだし、あ、待って」
さくら、居間に入ると、誕生日パーティーの装飾が施されている。
誕生日ケーキがあって、ロウソクが灯っている。
さくら「(ため息)」

美咲・優花「お誕生日おめでとう」
美咲、優花、ふうって消してとジェスチャーする。
さくら、無視し、部屋を出ていこうとする。
美咲「わたしたち、嬉しいんだよ」
優花「小さかった子が、こんなに大きくなって」
さくら「家族でもないのにお姉ちゃんぶるのやめてくれるか」
美咲「家族じゃん」
優花「ずっと三人で暮らしてきて」
さくら「（美咲に）Tシャツ裏表、（優花に）トイレのスリッパ履いてる」
美咲、Tシャツの裏表逆に気付き、優花、トイレのスリッパを履いているのに気付き、わー、と。
さくら「うざい」
言い放って出ていくさくら。
写真立てが置いてある。
十二年前に撮った合唱団の集合写真である。
子供たち全員が横を向いている。

8　同・二階の廊下〜寝室

パジャマ姿の美咲と優花、寝ようとして来ると、寝室から出てくるさくら。

さくら「どいて」

さくら、二人を押しのけて行く。

美咲「きっと反抗期なんだよ」

優花「にしては、長過ぎないか」

美咲と優花、やれやれと思いながら寝室に入って、はっとする。

灯りを消した室内に電飾が施されている。

三つ並んだうちの、美咲と優花のベッドの上に手紙が置いてある。

美咲と優花、手に取って開き、読む。

美咲「美咲へ。今日でわたしは二十歳になった。誕生日って、感謝する日だと思う。おめでとうって言われるより、わたしはありがとうって言いたい。大好きだよ、美咲」

優花「優花へ。わたしの大好きなお姉ちゃん。もう十二年も一緒にいるんだね。三人一緒に大人になれて良かった。これからも一緒だよ。大好き、優花」

顔を見合わせる美咲と優花。

優花「サプライズだ」

美咲「やられた」

水を飲みながら戻ってきたさくら。

さくら「どいて」

むすっとした顔のままベッドに入るさくら。

美咲、優花、笑顔になって。

美咲・優花「さくら」

さくらのベッドの中に強引に入る二人。

さくら「え、なになに、うざい、うざいって、あっち行け」

かまわずくっついてくる美咲と優花。

9　同・寝室（日替わり、朝）

それぞれのベッドで、ひどい寝相で寝ている美咲、優花、さくら。

枕元の目覚まし時計のベルが鳴りはじめる。

美咲、止めようと手を伸ばし、ベッドから落ちる。

優花、止めようとして落ちる。
さくら、止めようとして、時計の隣のポータブルラジオの電源ボタンを押す。
ラジオ番組パーソナリティの男性、津永悠木（つながゆうき）が話しはじめる。

津永の声「午前六時になりました。おはようございます。津永悠木です。今朝はまずこの一曲から……」

10　同・洗面所

ラジオから音楽が流れ、洗面所で歯を磨いている、ひどい寝癖の美咲、優花、さくら。
美咲、寝ぼけながら頭上の戸棚を開けたら、大量のトイレットペーパーが落ちてきた。

11　同・居間

台所で朝ご飯を作りながら、そのまま食べている美咲、優花、さくら。

津永の声「関東地方の今日の天気は、晴れのち雨。高気圧におおわれて、広く日射しが
届きますが、夕方には雷をともなった大雨が降り……（と、天気予報が続く）」

美咲「（優花に）忘れ物ない？（さくらに）これ、お弁当にするから持って行きなね」

さくら「お昼はカレーフェア行くから」

優花「わたしのノート知らない？」

美咲「（さくらに）お昼はカレー食べて、これを三時に食べればいいでしょ。（優花に）
トイレで見たよ」

さくら「三時は大学いも食べるから」

優花「なんでわたし、トイレにノート置いてるの」

美咲「（さくらに）トイレで読むからでしょ、（優花に）大学いもは明日でいいでしょ」

優花、さくら、うん？と。

津永の声「それではよい一日を。間もなく午前七時になります」

優花「七時だって」

優花、さくら、慌てて行こうとする。

美咲「待って、これだけ（と、ティッシュ箱を持つ）」

*

柱に背を付けているさくら。

優花がさくらの頭にティッシュボックスを置き、美咲がペンで印を付ける。

美咲「はい、よし」

三人、嬉しそうに柱を眺める。

小さな頃から身長を測ってきた柱には、三人分の無数の傷とその時の年齢が書かれてある。

十二年が過ぎている。

三人、二人ずつで順番にパンパンパンと三回、最後に三人同時にハイタッチする。

12 小径の前

小径から走って出てくる美咲、優花、さくら。
優花「あー最悪、前髪最悪」

さくら「どうせ誰も見てないし」

優花、さくらの前髪をぐしゃぐしゃにし、行く。

さくら「あー」

美咲、さくらの前髪を直しながら、逆方向に行く。

美咲「いってらっしゃい」

優花「いってきます」

さくら「許さねえ」

13 バス停

美咲とさくら、走ってくると、すでにバスが来ている。

駆け寄る二人、乗ろうとするが間に合わなくて、目の前でドアが閉まってしまう。

運転手がこっちを一瞬見て目が合うが、すぐに逸らされ、出発しようとする。

肩を落とす美咲とさくら。

その時、走ってくる、二十三歳の高杉典真。

慌てて避ける美咲、典真を見て、……。

典真、バスのドアを叩き、運転手に声をかける。

典真「すいません、乗ります」

運転手がドアを開け、典真、乗り込んだ。

さくら「やった」

美咲「(典真の背中に)どうも……」

美咲とさくらも乗り込む。

14 道路

走るバスの車中、二人席に並んで座っている美咲とさくら。

美咲、斜め前の席の典真を見ていて、……。

さくら「(典真を見て)あ。あの人、またあほ毛出てる」

さくら、クスクス微笑って典真の頭を指さす。

髪の毛がひと束、ぴょんと立っている典真。

美咲、微笑ってしまいそうになるが、そういうこと言わないのとさくらを窘める。

美咲「……（また典真の横顔を見つめる）」

さくら「（そんな美咲に気付き、あれ？　と）」

美咲「（慌てて目を逸らす）」

15 大学・構内

学生たちが行き交うなか、歩いてくる優花。

16 同・講義室

講義を聴きながらノートに書き取っている優花。

周囲には多くの学生が出席しており、手元には量子力学、素粒子に関する初歩的な教材がある。

教授はスライドを示しながら講義している。

スーパーカミオカンデの写真が表示され、概要が箇条書きされている。

教授「この世界にはいまだ発見されていない無数の素粒子が存在します。岐阜県飛騨市にあるこのスーパーカミオカンデは高エネルギーによって未知なる素粒子を観測してきました。この学問においてまず知るべきは、人類にはまだ世界の一部しか見えていないのだ、ということです」

優花、書き取った最後の一文に二重線を引く。

ふと気付くと、通路を隔てた席にいる男子学生、大原知基がこっちをちらちらと見ている。

照れて目を伏せ、前髪を気にする優花、……。

17　水族館・スタッフバックヤード

従業員用つなぎに着替えたさくら、モップを手にしたままドアの傍らに立っている。

ポスターや、『ラッコが元気になりました』などの連絡事項が掲示板に貼られているのを見ている。

同僚の加村大翔と村上直行がドアを開けて出て、さくらもそれに続いて出る。

18　同・ペンギンショーエリア

ペンギンショーの垂れ幕があり、客席に誰もいないなか、清掃しているさくらと大翔と村上。

ホースで水を撒き、モップで床を掃除する。

逃げ出したのかペンギンが素通りしていく。

さくら「おい、どこに行くんだい」
大翔と村上が掃除しながら話している。
村上「辞めない方がいいって」
さくら「(大翔に) え、辞めちゃうんですか?」
大翔「向いてないんじゃないかと思って」
さくら「そんなことないですよ」
村上「ペンギンに好かれたかったらまず心を開かないと」
さくら、葛藤する大翔の横顔を見つめて。
さくら「一緒にがんばりましょうよ。ね」

19　不動産会社オフィス・総務部

社員たちが業務をしているなか、隅のデスクに美咲がおり、デスクトップＰＣでエクセルに数値を打ち込んでいる。

社員たちが大量のファイルが詰まった段ボール箱を運んでくる。

社員Ａ「今週中に全部手打ちでデータにしろってさ」

社員Ｂ「忙しいのに勘弁してよ」

社員たち、段ボールを美咲のデスクにぼんと置く。

目の前に置かれて驚く美咲。

社員Ａ「どなたかお願いしまーす」

行ってしまう社員たち。

美咲、ファイルを取り出し、見て、……。

＊

美咲、デスクに向かって、黙々とファイルの手書きの数値をエクセルに打ち込んでいる。

20 街角（夕方）

優花、帰宅していると、急に若者が集まってきた。
カメラを掲げたひとりが通行人に呼びかける。

若者「動画撮ってるんで協力お願いします」

音楽が流され、踊りはじめる若者たち。
巻き込まれて困惑するも必死に笑顔を作る優花。
ふと、向こうの通りに気付く。
花柄にラッピングされた軽バンが駐まっている。
植木を積み降ろししている五十歳程度の女性、木幡彩芽（こばたあやめ）。
こっちを見ていて、目が合っている気がする。
彩芽、どきっとし、……。
優花、背後を確認するが、自分を見ている気がする。
優花、ダンスの輪を抜け出して歩み寄るが、彩芽は軽バンで走り去った。

優花「……ママ」

21　居酒屋（夜）

座敷席で会社の飲み会が行われており、末席に美咲が座っている。
狭いので、今にも通路に落ちそうな美咲。
上司のひとりが話しているのを聞いている。

上司「犬の散歩してたら、犬が話しかけてくるんだよ。おまえなんで毎日俺のうんこ集めてるのって」

爆笑する社員たち。

美咲「（微笑みながら）少し休んだ方がいいですよ」

女性社員の幹事がみんなに声をかける。

幹事「会費ひとり三千五百円でお願いします」

財布を出しはじめる社員たち。
目を逸らす美咲、すっと席を立ち、その場を離れる。

＊

洗面所で手を洗った美咲、ドアの前に行き、待つ態勢となる。
少しして開き、酔った女性客が入ってきた。
ふわっとカーテンのように押し返され、転びかけて、壁に手をつく美咲。
美咲「すいません」
女性客は美咲を無視し、ふらつきながら個室に入る。
美咲「ごめんなさい」
美咲、閉まりかけたドアから洗面所を出る。
座敷席に戻ると、すでに社員たちは出た後だ。
置き去りにされた自分のバッグをつかみ、慌てて出る。
美咲「（店員に）ごちそうさまでした」

22　スーパーマーケット

閉店間際、カゴを下げて回り、食材を買っている美咲。
売り場を進んでいて、気付く。

鮮魚コーナーでパックにシールを貼っている店員のユニフォームを着た典真。

23　道路

走るバスの車中、レジ袋を膝に載せて座っている美咲と、前の席に座っている典真。
典真の横顔をちらちら見ている美咲。
典真が何かに気付いて、見上げる。
美咲、その視線追ってみると、『第三十九回合唱コンクール』のポスターだった。
典真のまなざしはどこかつらそうで、目を逸らし、窓の外に目をやる。
美咲、推しはかるように典真を見つめ、……。

24　バス停

バスを降りた美咲。
歩いていく典真の後ろ姿を見つめ、思わずそっちに歩き出そうとしかけた時。
さくら「うち、こっちだけど」

歩いて帰る途中のさくらが背後に立っていた。

さくら「バスで会うだけの人に片思いとはな」
美咲「……なんのことかな（と、内心動揺）」

25 三人の家・居間

ラジオから音楽が流れ、夜食を食べながら話している美咲、優花、さくら。

美咲「なんでもないんだって」
さくら「なんでもないって、なんでもある時に言うことだね」
美咲「本当になんでもない時はなんて言えばいいの？」
台所で料理を皿に盛っていた優花が言う。
優花「さくらはさ、嫉妬してるんだよ」
美咲、さくら、はい？　と。
優花「そのあほ毛の人に美咲取られちゃうんじゃないかって」
美咲「（苦笑し）それはありえないし」
優花「そうだろうか、本当にありえないだろうか」

さくら　「ありえないでしょ」

優花　「人はたやすくありえないと言うが、ありえないなんてこと、ありえないんで
　　　はないだろうか」

　　　優花、お盆に料理を載せて運んできて。

優花　「なんだって起きる。実はさっき、帰る途中……（と、言いかけて、淀む）」

　　　美咲、さくら、うん？　と。

　　　ラジオの音楽が終わって、津永が話していて。

津永の声　「津永悠木です。明日からは真夏日となり……」

　　　優花、ごまかすようにラジオを切って、来て。

優花　「そのさ、あほ毛の人に告白してみたら？」

　　　美咲、さくら、何を言ってるんだ？　と。

優花　「告白まで行かなくても、食事に誘ってみるとか……」

さくら　「（苦笑し）無理」

優花　「本当に片思いのままでいいの？」

美咲　「（苦笑し）だって無理だから」

さくら　「（優花に）そういう冗談、面白くないよ」

優花「冗談のつもりはない」
さくら「じゃ馬鹿なのか。馬鹿なんだな」
美咲「怒らないの」
優花「やっぱりさくらは嫉妬してる。美咲に好きな人が出来たからって妬いてる」
さくら「はい？」
優花「まだまだ子供だね（と、わざと挑発している）」
美咲「もういいもういい。片思いなんてありえないし……」
さくら「いいよ、告白しなよ、出来るものならすればいいよ、わたしは全然平気だから」
優花「うん、告白すべきだよ」
優花とさくら、ハイタッチし、美咲にも手を出す。
美咲「（返さず）絶対に出来ないことをなんで言うの？」

26　道路（日替わり、朝）

走るバスの車内、美咲とさくら、斜め前に座っている典真を見ていて。
さくら「（声かけなよと美咲に）」

美咲「(嫌だと首を振る)」
　まったく！　と思って、席を立つさくら。
美咲「駄目、座って。やめなさい」
　さくら、典真の背後に立って。
さくら「あの……」
　その時、典真のスマホのバイブ音が鳴り出す。
　典真、スマホを取り出し、画面を見る。
　さくら、上から典真のスマホ画面を覗き込む。
美咲「人のスマホ、勝手に……」
　席を立つ美咲、止めようとする。
　典真のスマホ画面を見たさくら、慌てて踵(きびす)を返し、美咲を押し返しながら座る。
さくら「落ち着け？　落ち着け？」
美咲「落ち着くのはあなた……」
さくら「あいつ、あほ毛のくせに土曜日、女の子とデートの約束してる。ラフマニノフとかいうバンドのライブに誘われて」
美咲「ラフマニノフはバンドじゃなくて、ピアノ……（と、思うところあって）」

美咲、典真を見つめ、……。

27　街角（日替わり）

優花、通りに駐車された花柄の軽バンを見ている。
後ろから来た人が優花にぶつかった。
押し返されるように簡単に転ぶ優花。
ぶつかった人は何事もなく、通り過ぎていく。
転んだ優花、戻ってきた彩芽が軽バンに植木を積み降ろしているのが見えた。
急いで起き上がり、駆け寄る優花。

28　コンサート会場・外

さくらが美咲の腕を引いて連れてきた。

美咲「腕抜ける腕抜ける、抜けるって」
さくら「(見回して)いた」
緊張した面持ちでエントランスに立っている典真。

典真を見て、踵を返し、逃げようとする美咲。

正面から桜田奈那子（さくらだななこ）が走ってきた。

慌てて避ける美咲とさくら。

奈那子、典真のもとに行った。

遅れてごめんという感じで、笑顔で話している二人。

美咲「（見つめ）……」

奈那子が典真の腕を取り、会場に入っていった。

さくら「行こう」

さくら、入っていく。

美咲、困惑するが、ポスターにある鍵盤に向かうピアニストを見て、何か思うことあり、行く。

係員がチケットを回収しているエントランスを通る。

美咲とさくらはチケットを渡さずにそのままさらっと通り抜けていく。

29

同・ホール内

客がドアを開け、その隙間から入る美咲とさくら。

観客で埋まっている広い場内。
客席を見回し、典真と奈那子を見つけた。
二人の斜め後ろが数席空いているのを確認し、行く。
列の中程なので、他の客の足元を通る。

さくら「すいません、すいません……あ」
転びそうになるさくら。
手を伸ばして支える美咲。
その状況を周囲の客はまったく気にしていない。
美咲「気を付けて」
二人、座席に座る。
前の席で、奈那子が典真に顔を寄せて話している。
緊張した面持ちの典真。
さくら「何あれ。初デートって、もっともじもじしてるものかと思ってた」
美咲「しーっ。はじまる」
客電が落ち、静まり返る客席。

さくら「(気にせず) 馴れ馴れしいよ。あ、肩に手置いた、何あれ、え、見て見て、肩肩、何あれ」

美咲「はじまるって」

演奏者が登壇し、拍手する観客たち。

ピアノの前に座り、鍵盤に指を置く演奏者。

しんと静まり返る場内。

美咲、前を見ると、典真は緊張した面持ちで、膝に置いた拳を握りしめている。

心配して見ていると、隣でくしゃみが出そうになっているさくら。

美咲、慌ててさくらの口元を押さえるが、効果無く、大きなくしゃみが出た。

美咲、もう！　とさくらを見る。

観客は誰もそのくしゃみを気にしておらず、繊細な空気のままで演奏がはじまった。

30　道路

走る軽バンの荷台の植木の中に潜んでいる優花。

運転席の彩芽を見つめている。

31 コンサート会場・ホール内

演奏を聴いている美咲、うなだれて寝ているさくら。
演奏が終わり、休憩のアナウンスが告げられる。
笑顔で話している典真と奈那子。

美咲「(見つめ、複雑だが、良かったねと微笑んでいると)」
さくら「(目を覚まして) お……なかなか上手だね、ピアノ」
美咲「(よだれが垂れてるのを、ハンカチを出し) 拭いて」

32 同・ロビー

さくら、トイレに行こうとしたところ、奈那子がスマホで話しているのが見えた。
さくら、傍らに立って、奈那子の話を聞く。
ハイブランドのバッグを開け、リップを塗り直しながら話している奈那子。

奈那子「今? 今ね、リオちゃんと一緒。うん」

さくら、え？　と思って、奈那子の真正面に立つ。

33　同・ホール内

美咲、典真を見ていたら、こっちを振り返った。
どきっとする美咲。
奈那子が戻ってきて、典真と笑顔を交わす。
美咲、困惑していると、目の前に立つさくら。

さくら「落ち着け」
美咲「落ち着いてる。何怒ってるの」
さくら「（奈那子を示し）あの女」
美咲「あの女って……（そんな言い方やめなさい）」
さくら「あの女には、あほ毛の他に恋人がいる」
美咲「（え、と）」
さくら「お金持ちの四十二歳の恋人がいる。二股してる」
奈那子と話している笑顔の典真。

美咲　「……」

客電が落ち、演奏者が再び登壇する。

さくら　「明日ホテルで会う約束してるんだよ」

美咲　「とりあえず座ろうか」

場内がまた静まり返るが、話し続けるさくら。

さくら　「東京湾が見える四十二階の部屋だって。四十二歳と四十二階だって。何それ」

美咲　「演奏はじまるから」

演奏がはじまった。

さくら　「あのバッグも四十二歳に買ってもらったんだよ」

座席を乗り越え、奈那子のもとに行こうとする。

さくら　「四十三番に座ってる。惜しい」

美咲、腕を引っぱって止める。

美咲　「座りなさい」

さくら　「四十三番のあなた、お隣の男性を騙してますよね。（典真に）あなた、あなた騙されてますよ」

美咲　「さくら」

さくら「不潔だ」

さくら、通路に出て、ステージに向かう。

美咲、慌てて追う。

美咲とさくらの行動に客席は誰も反応しない。

典真と奈那子も観客全員が演奏に聞き惚れている。

ステージに上がったさくら。

変わらず演奏を続けているピアニスト。

さくら「N列四十三番のあなた。あなた、他に恋人いるのにひどくないですか。二股、最低じゃないですか」

美咲「演奏中だよ」

さくら「だから何。あとN列四十四番、そこのあほ毛のあなた」

美咲「マナー違反だって」

さくら「お隣の女性には恋人がいます。あほなのは毛だけにしときなさい」

美咲「駄目だって」

さくら「何が。どうせ誰にも聞こえてないのに」

厳かな演奏が続き、雰囲気にひたっている観客たち。

34　コインパーキング

植木を降ろした彩芽、軽バンの後部ドアを閉める。
優花、閉まる直前に飛び降りる。
植木を運んで行く彩芽。
優花、追おうとして、何かに気付いて立ち止まる。
隣に駐車された車を覗き込む。
助手席に哺乳瓶とおくるみがあり、足元の床に赤ん坊が落ちていた。
驚く優花、周囲を見回すが、誰もいない。
思わずドアをつかむが、開かない。
窓を叩くが、赤ん坊の反応はない。
空を見上げると、日射しが強く照っている。
動揺する優花、通りに出て、行き交う人たちに、駐車場を指さして。

優花「すいません。あの、すいません……」
誰も優花に気付かず、通り過ぎる。

35　コンサート会場・外

肩を落とした美咲とさくら、会場を出て、帰ろうとしていると、優花が走ってきた。

さくら「遅いわ……」

優花「(血相を変えていて）来て」

36　コインパーキング

走ってくる美咲、優花、さくら。

優花「あの中……」

先ほどの車の車内を示す。

優花「車の中に赤ちゃんいるの。誰も、親とかもいなくて。放置されてる」

美咲、さくら、車内を見ずにいて、……。

優花「助けなきゃ……」

さくら「助けるって？」

優花「……危ないんだよ。助けないと死んじゃうんだよ」
さくら「どうやって助けるの?」
優花「……(わからない)」
さくら「だから、そういうのは見ちゃ駄目だって」
優花「見えちゃって……」
さくら「わたしたちには助けられないのに」
優花「……うん(と、うなだれる)」
美咲は車を見たまま止まっている。
赤ん坊の小さな泣き声が車内から聞こえている。
さくら「美咲?」
優花「ごめん、美咲。もう……」
美咲、二人を振り払って通りに出る。
行き交う人に向かって声をあげはじめる。
美咲「誰か、あの車の中に赤ちゃんがいます。誰か助けてください」
しかし行き交う人は誰も反応しない。
美咲「お願いします、誰か赤ちゃん助けてください、誰か……」

通行人とぶつかって、あっけなく倒れる美咲。
優花とさくら、美咲を起こす。
美咲、またすぐに立って、通行人のもとに行って。

美咲「助けてください。赤ちゃん助けてください」
優花とさくらも一緒に呼びかける。

優花「助けてください。お願いします。助けてください」

さくら「赤ちゃんが車にいます。お願いします、助けてください」
懸命に訴える三人。
次々と通行人にぶつかって、倒れる三人。
すぐに起き上がって、続ける。

美咲「誰か、お願いします、誰か助けて」

優花「誰か助けて」

さくら「助けて」

美咲「お願いします……」
誰も反応せず、通り過ぎていく。
強い日射しの下、立ち尽くす三人。

その時、二人組の男が駐車場に入っていく。
男Ａ「吉田さんの弁当うまそうだったよな」
男Ｂ「おまえ、吉田さん好きなの？」
男Ａ「違うよ、弁当がうまそうだって言ってんの」
などと話しながら自分たちの車を出そうとして、男Ａが赤ん坊の泣き声に気付いた。
車に歩み寄っていく。
緊張して見守り、期待する美咲、優花、さくら。
男Ａ「（車内の赤ん坊に気付き）やべ。おい」
男Ｂ「あ？（車内を見て）え、まじ？　本物？」
男Ａ「やばいよ、やばいって、救急車」
二人、スマホを出し、救急車を呼びはじめる。
安堵して力が抜けて、より掛かり合う三人。
小さくハイタッチする。

37　公立文化ホール・外（夕方）

歩いてくる美咲、優花、さくら。

38 同・渡り廊下〜中庭

歩いてくる美咲、優花、さくら。
後ろから八歳ほどの女の子が走ってきて、三人に向かってくる。
慌てて避ける美咲、優花、さくら。
あとから女の子の両親が来て、声をかける。

母親「走ると転ぶよ」

中庭に出る女の子。
何やら記念碑のようなものがある。
記念碑には三羽の小鳥と音符をデザインしたレリーフがあって、『安らかにお眠りください』などの言葉が添えられている。

女の子「(記念碑のレリーフを示し) これ何?」

見ている美咲、優花、さくら、……。

父親「それね、昔、ここで事件があって、その犠牲者の」

母親　「何だっけ」
父親　「あれだよ、十……五年くらい前？」
さくら　「十二年」
父親　「子供たちの合唱大会があったんだけどね。そこに、ナイフを持った少年Aみたいなのが侵入してさ」
母親　「（思い出して顔をしかめ）あー、あったね」
父親　「そいつが逃げ遅れた子供たちを次々と……」
母親　「（娘の興味津々な顔を見て、父親に）やめてよ」
父親　「何人だったかな」
美咲、優花、さくらの三人、……。
父親　「ひどいよね、命を無駄に奪われて……」
母親　「（父親の肩を叩いて）子供にそんな話。（娘に）行こ」
女の子　「何何？」
母親　「なんでもないの、ただのかわいそうなお話」
立ち去る女の子と両親。
三人、見送って、口調を真似して。

さくら「なんでもないの」
優花「ただのかわいそうな」
美咲「お話」
苦笑する三人。

39 街角（夜）

ストリートバンドがバイオリンなどの演奏をしており、多くの人が行き交っている。
人を避けながら歩いている美咲、優花、さくら。
笑顔の家族、恋人たち、仕事仲間たち。
行き交う人たちをどこか切なく見ている三人。
会社員のグループがさくらにぶつかった。
押し流されるように倒れるさくら。
会社員のグループは何事もなく通り過ぎる。
さくらを起こそうとする美咲と優花。
傍らを女子高校生三人が通り、スマホで映画案内サイトを見ながら話しているのが聞こえる。

高校生A「ホラーのやつ観ようよ、やってんじゃん今」
高校生B「ゾンビのやつ？」
高校生A「違う、なんか呪いとかのだよ」
高校生C「幽霊系のでしょ」

40　三人の家・居間

ひとつのストールにくるまって、テレビで映画を観ている美咲、優花、さくら。

ひとりがポップコーンに手を伸ばして、ストールを引っ張るので、残った二人が引っ張り返す。

テレビ画面の、おどろおどろしい雰囲気のなか、薄汚れた白い服に長い髪の女の幽霊が登場した。

悲鳴をあげてリモコンで一時停止を押し、寄り添う美咲と優花。

さくら「（二人に）は？」

美咲「怖い怖い怖い怖い」

　優花、ラジオを点け、音楽が流れはじめる。

さくら「怖いか？　なんかリアリティなくない？」

優花「リアリティ？」

さくら「だってこの幽霊のこの感じって、実際と全然違うじゃん」

美咲「実際はそれはそうだけど……」

優花「確かに幽霊のこの服って、なんか無理矢理怖くしようとしてるっていうか」

さくら「こんなの、探す方が大変だよ」

美咲「人のファッションを笑うのはよくないよ」

優花「前髪がここだよ？」

さくら「洗ってなさそうだし」

美咲「忙しいんだよ。そういうさ、本物に詳しいからって揚げ足取るのよくないと思うよ」

さくら「だって実際こんなんじゃないし、こっちはこっちで普通に暮らしてるものだしさ」

優花「普通に時間流れてるし、死んでもこうはならないよ」

美咲「ま、そうだけども」
さくら「まず人を襲うっていうのがさ」
優花「襲えないよね。こっちからは見えるけどあっちからは見えないし」
さくら「さわれないし」
美咲「そうだけども」
優花「制作者の偏見がひどい」
さくら「ここに書いとけよ、この幽霊はフィクションですって」
苦笑する美咲、画面の中の幽霊を見ていて。
美咲「……この人はお腹すかないのかな」
ポップコーンを食べかけた優花、さくら、え？　と。
美咲「人から怖い怖いって逃げられて、ご飯もなくてさ、だからこんなに痩せちゃったのかも」
確かにと思う優花、さくら。
優花「この人はずっとひとりだったのかもね」
さくら「わたしたちもひとりだったらこうなってたのか」
優花「あの時、どうしたらいいのかわからなかったじゃん」

美咲「子供だったしね」

41　回想、十二年前、公立文化ホール

雪が舞っている。

十二年前の美咲、優花、さくらが立っている。

救急車の音、怒声、泣き声が聞こえ、警察官、特殊装備をした突撃隊、救急隊員たちの足元が激しく行き交っているのが見える。

合唱クラブの他の子供たちが保護され、連れて行かれるのが見えた。

駆け寄る美咲、優花、さくら。

しかし三人の目の前でドアが閉められた。

開けようとするが、開かない。

周囲を行き交う人は誰ひとりとして三人を見ない。

優花「なんで?　どうしたの?」
優花とさくらを抱き寄せる美咲、周囲の人々を見つめながら、徐々に何かを理解していく。

優花「なんでみんな無視するの？」

美咲「(何かが見えて) あ……」

向こうに、毛布をかけた担架が三つ運ばれていくのがかすかに見える。

美咲「あれ、わたしたちだ」

42　三人の家・居間

話している美咲、優花、さくら。

さくら「三人一緒で良かったよね」

優花「美咲がいたっていうのが」

さくら「それ大きいね。あんまりおぼえてないけど」

優花「美咲が言い出したの。わたしたち、普通に生きようって」

美咲「言ったっけ」

優花、当時の美咲を真似して。

優花「もう泣くのやめな。住むとこ探してさ、三人で普通に暮らそうよ、って。ご飯もちゃんと作ろう。お風呂も入ろう。洗濯ものはたたもう。学校行って勉強するの。いつか仕事だってするんだよ、って」

美咲「言ったかなあ」

優花「誰も見てなくたって……」

優花・さくら「トイレのドアは閉めなさい」

美咲「(苦笑し)当たり前のことだよ」

優花「その当たり前のことをしてなかったら、わたしたち今ごろ白い服着て暗いところに住んでたんだよ」

さくら「美咲のおかげで、大人になれた」

柱の傷を見る優花とさくら。

美咲、照れたようにポップコーンを食べながら。

美咲「まあさ。こっちはこっちで元気にしてればいいんだよ。生きてたらこんなふうにしてたかな。こんな毎日だったかなって。思ってたとおりにしてれば良かったし、だから一緒に同じ景色を見てこれた」

優花「こっちだってけっこう楽しいもんね」

さくら「本当はドア開けたままトイレしても問題ないけどね」

美咲「それは駄目だよ」

優花、テーブルの上に座って。

優花「テーブルの上に座っても怒られないし」

美咲「降りなさい」

さくら「(大声で) 夜中に大きい声出しても怒られないし」

美咲「しーっ」

43 小径の前

バスケットボールを持って出てくるさくら。

さくら「道の真ん中でバスケしても怒られないし」

美咲と優花、追って出てきて。

美咲「さくら」

さくら「駄目?」

美咲、怒るふりして、さっとボールを奪って。

美咲「たまにはいいか」

美咲、ドリブルしながら走る。

微笑って追う優花とさくら。

44 街中

ドリブルし、パスしながら走る美咲、優花、さくら。
通行人は三人にまったく気付かない。
外灯や広告看板に向かってボールを投げる。
巡回中の警察官の間を走る。
エスカレーターを逆さに走る。
縦横無尽に駆け抜けていく、笑顔の三人。

45 公園

走ってきた美咲、優花、さくら。
バスケットゴールがあって、パスを受けた美咲、ジャンプして、シュートを決めた。
息を切らしてしゃがむ三人、顔を見合わせて微笑う。

さくら「でも残念だよ、美咲ちゃんの恋が叶わないなんて」
優花「それな」
美咲「（苦笑し、ふと思って）……あの人は、違うんだよ」
さくら「何が？」
美咲「あの人、彼は高杉くんなんだよ」

優花、さくら、ん？　と。

美咲「おぼえてないかな、合唱団のピアノ伴奏してた」
優花「あ、ちょっと有名だった子？」
美咲「そう、優勝したりしてた」
さくら「え、じゃあ、あの日もいたの？」
美咲「たまたまコンビニ行ってて」
優花「助かったんだ」
美咲「（嬉しそうに）そうなんだよ」
さくら「良かったね」
美咲「そうなんだよ」

美咲、思い返して。

美咲「バスで見て、最初わかんなかったけど。あれ？　もしかしてって。すごい背伸びてたし。あ、典真だ、典真じゃんって（と、微笑う）」

46　オフィスビル・エントランス（日替わり）

自動ドアの前に立って、待っている美咲。
社員たちが、おはようと声を掛け合いながら来た。

美咲「（社員たちに）おはようございます」
誰も返事せず、入っていく社員たち。
美咲、自動ドアが開いたので、続いて入っていく。

47　不動産会社オフィス・総務部

段ボールに残った最後のファイルを手にし、PCで打ち込みはじめる美咲。
背後を社員二人が通り、段ボールを覗き込んで。

社員A「あーあ、誰もやってないじゃん」

中には大量のファイルが溜まったままだ。

社員B「人手が足りないんだよ、ウチは」

そこに美咲の姿はなく、PCだけが置いてある共用の空のデスクだった。

段ボールを運んでいく二人。

48 大学の講義室

講義に出席している優花。

最前列からプリントが回され、学生が取っていく。

優花の前の席の知基が振り返る。

優花は無視され、隣の席の学生にプリントが渡され、また後ろの席に続いていく。

教授「来週までに提出するように」

プリントを確認している知基の後ろの席に優花の姿はなく、空いている。

49 水族館・イルカショーのステージ

ごみ袋を持って、清掃作業をしているさくら。

綺麗になって満足そうに歩き出す。

村上がごみ袋を持ってきて、すれ違う。

さくら「（振り返り）お疲れさまです」
返事をせずに通り過ぎる村上、至る所に転がっているペットボトルなどのごみを集めはじめる。

50 同・廊下〜スタッフバックヤード

さくら、入ってくると、大翔がひとりいた。

微笑み、そばに行こうとすると、大翔はスマホで誰かと話していて。


大翔「職場がおっさんと二人でさ。ペンギンに心を開くってなんだよ。まじ死んでくれって感じ（と、嘲笑）」

面倒臭そうに出ていく大翔。

驚いているさくら、ふと別のデスクの上に気付く。

開いて置いてある週刊誌の記事が目に入り、つい手に取る。

さくら、記事を見て、思わず投げ出す。

見開きのスクープ記事に、『かささぎ児童合唱クラブ殺傷事件の加害者少年が少年刑務所を出所』の旨の大きな見出しがある。

51 スーパーマーケット・店内（夜）

晩ご飯何にしようかと買い物している美咲、最後にひと袋残ったタマネギをカゴに入れ、行く。

次に来た客が最後にひと袋残ったタマネギをカゴに入れ、行く。

美咲、鮮魚売り場に行くと、割引シールを貼っている店員姿の典真がいた。

歩み寄ると、先に奈那子が来て、典真を背後から目隠しした。

奈那子「店員さん。ぜんぜん連絡くれないね」

典真「（わかって）あ、どうも……」

美咲、そかそかと思って微笑み、通り過ぎる。

52　道路

走るバスの車中、乗っている美咲、少し前の席に典真と奈那子。

奈那子「(車内を見回し) 貸しきりだね」

典真「遠回りじゃないですか」

奈那子「じゃ、高杉くんちに泊まろうかな」

典真「……」

美咲、これでいいんだと思っていて。

美咲「落ち着け」

奈那子、『第三十九回合唱コンクール』のポスターに気付いて。

奈那子「高杉くんが昔事件に巻き込まれたのって、あれ？」

典真「(目を伏せ) いや、僕は……」

奈那子「助かったんだよね」

典真「……ええ、僕はコンビニに行ってたんで (と、自虐的に)」

美咲、首を振る。

奈那子「それきっかけでピアノ辞めたって本当？」

美咲、そうだったのか、と。

奈那子「みんな言ってる。高杉くんはあのまま行けば外国のコンクールだって出れたかもって」

典真「(いえ、と首を振る)」

奈那子「わたしね、立ち直って欲しいんだよ。わたしのために弾くってどうかな」

典真「……(困惑)」

奈那子「忘れた方がいいよ。高杉くんには関係ないんだし」

美咲、うなずく。

典真「僕が合唱クラブに誘った子もいたんで」

美咲、……。

典真「その子、いつも給食費払ってなくて。夜ベランダにいたり、家族っていう作文の時に犬のこと書いてたり。よくはわからなかったけど、いつもひとりでいる子で」

美咲、……。

典真「だから僕が合唱クラブに入りなよって。会費ゼロ円だし、歌が苦手なら音楽劇の台本を書けばいいいって」

美咲、……。

奈那子「その子のこと、好きだったの?」

典真「……音楽って人生を楽しむためのものだから、生きてる喜びを感じられるよって」

美咲、……。

典真「なのに僕はコンビニで肉まん買ってて……」

奈那子「そっか。なんか、色々大変だね」

奈那子、降車ボタンを押す。

典真「(ごめんなさいと小さく頭を下げる)」

美咲、……。

53

公園(日替わり)

ベンチに座り、素粒子の本を読んでいる優花。

背後の草むらでがさがさと物音がする。

優花、草むらを覗くと、何か出てきた。

リクガメだった。

こっちを向いている。

優花、え？　と思って、地面に這いつくばって、左右に動いてみる。

リクガメも少し首を振る。

優花「（驚き）……わたしが見えるの？」

54　三人の家・庭

美咲とさくら、庭に干していた洗濯物を取り込む。

ラジオから聞こえている津永の声。

津永の声「夕方まで晴れ模様が続きますが、厚い雲に覆われて時折小雨が降る地域もあるでしょう……」

縁側に運び、洗濯物をたたむ美咲とさくら。

さくら「（何やら思うところあるようで）十二年ってさ、長いと思う？　短いと思う？」

美咲「うん？」

その時、小径の方から話し声が聞こえる。

55　小径〜三人の家

物件の図面を持った不動産業者の大岩と、洒落た身なりの岡田夫妻が歩いてくる。

大岩「あー、ここです、この家です」

小径を抜けた三人、家を見る。

門は錆び付き、庭には落ち葉が積もり、雑草も伸び放題だ。

家の壁は黒ずみ、窓に明かりはない。

岡田夫「随分とあれだね」

大岩「十年以上空き家だったようです」

玄関ドアの蝶番(ちょうつがい)が外れて傾き、少し開いている。

大岩「(支えて開けて)気を付けてくださいね」

雑草だらけの庭を横目に見ながら入る。

56　三人の家・玄関〜居間

入って来た大岩と岡田夫妻。
薄暗く、ほこりが積もり、破損し、美咲たちの靴や所持品はなく、生活の気配がない。

大岩「ひどいな。土足で結構ですよ」
靴を履いたまま部屋に上がる大岩と岡田夫妻。
居間に入っていく。
壁にカビがあり、長く人が住んでいない部屋。
流し台で蛇口をひねるが、水は出ない。

岡田夫「作りは立派だよね」
大岩「有名な画家のお住まいだったみたいで」
岡田夫「(妻を見て) 気に入ったんでしょ」
岡田妻「もったいないよ、誰も住んでないなんて」
部屋の隅に並んで立っている美咲、さくら。
美咲たちには綺麗な部屋に見え、そこに大岩たちが土足で上がっている。

美咲　「住んでますよ」
さくら　「住んでます」
岡田妻　「わたし、ここに住む」
美咲とさくら、岡田夫妻の前に立って。
美咲　「住んでますけども」
さくら　「ずっと住んでるんです。わたしたちの家なんです」
岡田夫　「環境もいいしね」
さくら　「幽霊出ますよ。（自分と美咲の髪をぐしゃぐしゃにし）髪ぼさぼさ、前髪ここの幽霊が三人出ますよ」
美咲　「食われますよ」
別の部屋に行く大岩と岡田夫妻。
さくら　「どうするの？　わたしたち、暗い穴の中に住むの？」
その時、優花が慌てて入ってきた。
さくら　「ねえ優花、大変……」
優花　「来て」

57　公園

植え込みに這いつくばって、リクガメと対面している美咲、優花、さくら。

優花「ね、ね、見てるでしょ?」
首をかしげる美咲、さくら。

さくら「こっち向いてるだけじゃないの」

優花「見てるって」
優花、リクガメに向かって手を振る。
三人、首を動かしたり、表情を変えてみたりする。
見てるような見てないようなリクガメ。

さくら「あ、今一瞬、視線感じた」

優花「だよね、目で訴えてるよね」

美咲「訴えてるかな」

優花「やっぱりな、やっぱりそうなんだよ……」
美咲、さくら、うん? と。

優花「このカメはわたしたちに気付いてる。つまり、わたしたちの世界と元の世界は、今も繋がってたんだ」
と言って、素粒子の本を見せる。
美咲、さくら、は？　と。

58　大学の講義室

教授の講義が行われており、学生たちが聴講しているなか、入ってくる美咲、優花、さくら。

さくら「ここが優花の学校……？」
うなずく優花、階段を降りて、壇上に行く。
教授は講義を続けている。
美咲「（恐縮し）お勉強中、すいません、お邪魔します」
美咲とさくら、見ると、学生たちの手元に量子力学のテキストの数々。
優花、素粒子の図案を示して。
優花「この世界はね、素粒子というものが集まって出来てる、ことは知ってるよね」
美咲「（よくわからないが）知ってる」

さくら「(よくわからないが)知ってる」

優花、投写されているスーパーカミオカンデの内部映像を美咲とさくらに示して。

優花「これはスーパーカミオカンデ、と言って、この世界に存在する未知の素粒子を発見する実験装置。素粒子ってね、次々と新しいものが発見されてるの」

近年新たに発見された素粒子が表示されている。

美咲、さくら、とりあえずうなずき。

美咲・さくら「へー」

優花「人間ってね、死んだら消えてなくなる、そう思われてたじゃない。なのにわたしたち、実際ここにいるでしょ」

美咲「まあ、実際」

さくら「なぜかいるね」

優花「こっちに来てからも身長は伸びてるし、お腹も空く」

美咲「おしゃべりもできる」

さくら「口内炎だってできる」

優花「わたしたちは確かに存在してる。どうしてだろう」

美咲・さくら「どうしてだろう」

優花「そこでわたしは仮説を立てた。人間が今まで幽霊だと思い込んでいたもの、それってまだ発見されていない素粒子なんじゃないか」

優花、学生の手元にあるマーカーを取り、スライドに映された『世界を構成する波の階層』の画像に直接描き込む。

優花「人は死ぬと、これまでと違う素粒子に変化するの。そして別のレイヤーに移動する」

丸が、矢印を経由して別の波に移動し、星になる。

優花「そこでこれまで通り普通に暮らすことができる」

優花、手にしたマーカーを見せて。

優花「こうして物を移動することもできる。でも元のレイヤーの世界ではそんなこと起きてない」

三人の背後にいる学生の手元にはマーカーが置かれたままだ。

優花「生きてることと死んでることに、実は大きな差はないの。ただほんの少しずれた場所に移動するだけなの」

疑問を感じ、挙手する美咲。

美咲「ここにはわたしたちしかいないよ。その説で言ったら、わたしたちの他にもっと死んだ人がいるはずでしょ」

優花、無数の波の層の画像を示して。

優花「世界はひとつじゃないの。無数のレイヤーでできてるの。わたしたちはたまたま同じレイヤーで出会えた」

さくら「あー（と、なるほどとうなずく）」

美咲「（そんなさくらを見て懐疑的に）あーって。（優花に）その仮説は、（教授を示し）あの先生が言ってたの？　それとも優花の……」

優花「もちろんわたしの推測に過ぎないよ」

優花、講義を続けている教授と学生たちの間を徘徊する。

優花「今は誰もわたしたちに気付いてない。だけど、あのスーパーカミオカンデが日々新しい素粒子を発見しているように、わたしたちもいつか……」

さくら「ここにいるってわかってもらえるの？」

優花「（うなずき）発見されるの」

美咲、懐疑的に首を振って、……。

優花「それだけじゃない。元の世界に戻れる可能性だって」

美咲、さくら、！　と。

美咲「待って、そんなこと……」

さくら「優花、すごいじゃん」

美咲「待って、だってわたしたちは……」

優花「死んだけど、まだ消えてない」

さくら「帰れるかもしれない」

美咲「（そんな二人に不安を感じていて）……」

59 三人の家・居間（夜）

ひとり台所にいて、食事の支度をしている美咲。

不安そうに二階の方を見る。

60 同・寝室

優花とさくら、たくさんの資料を並べて話している。

優花、スクラップブックをめくって、アトラス検出器の写真を示して。

優花「大型ハドロン衝突型加速器ＬＨＣ。素粒子を検出してる実験装置」

さくら「この中にわたしたち自身が入れば、その、研究をしてる人たちに発見されるってこと?」

優花「ま、そこなんだよね」

　廊下の外から美咲の声が聞こえる。

美咲の声「ご飯、冷めちゃうよー」

　答えず、優花、スクラップブックをめくり、週刊誌の記事を示す。

　五年前、素粒子物理学研究センターに不法侵入して逮捕された男性に関する記事だ。

優花「ひとりの男性が素粒子物理学研究センターの加速器に侵入した事件。逮捕されたその男性は……」

　記事の見出しに、逮捕された男性は『幽霊は観測可能だ』と供述していたと書かれている。

優花「幽霊は観測可能だ、と供述していた。しかし誰にも相手にされなかった」

さくら「このさ、ここに行ってみようよ」

優花「(うなずく)」

61　同・居間

冷めた料理の前にいる美咲。
振り返り、合唱団の集合写真を見つめる。

62　素粒子物理学研究センター・外（日替わり）

歩いてきた優花とさくら。
見上げると、研究棟があって、『素粒子物理学研究開発センター』の表示がある。
緊張して、ふうと息を吐くさくら。

優花「怖いんだったら……」
さくら「行こう」

研究棟に向かって歩き出す二人。

63　同・通路

研究員たちとすれ違いながら来る優花とさくら。
研究員がＩＤを翳して出入りしている部屋がある。

研究員がドアを開けた隙に入っていく二人。

64 同・書庫

入ってきた優花とさくら。

見回すと、ぎっしりと並んだ棚に書籍、ファイルが収められ、ここは書庫のようだ。

ここじゃないねと引き返そうとした時、発信音が聞こえた。

慌てて戻るが、ドアが閉められた。

照明が消えて非常灯だけになり、閉じ込められた。

二人、！と。

65 公立文化ホール・外

歩いてきた美咲。

掲示板にある『第三十九回合唱コンクール』のポスターを見つめていると、何か聞こえる。

耳をすますと、子供たちが合唱する歌声だ。

66　同・廊下～リハーサル室

　廊下を来た美咲。
部屋から歌声が聞こえ、かささぎ児童合唱クラブが使用している旨の貼り紙がある。
少し開いたドアや窓の隙間から室内が見える。
覗き込む美咲。
昔と同じお揃いの服を着た何十人かの児童が合唱曲『夢の世界を』の練習をしている。
指導をする七十代の加山次郎（かやまじろう）がいる。
職員のひとりが出てきて、ドアが開く。
美咲、慌てて立ち去ろうとして、止まる。
踵を返し、室内に入り、合唱を見つめる。
憧れと羨望と寂しさがある。
盛り上がる歌に合わせて、美咲の口元も小さく小さく歌いはじめる。
少しずつ声が出て、大きくなる。
最後の一節だけしっかり声を出して歌った。

美咲、そんな自分に戸惑って、部屋を出ようとすると、ドアが開いた。

典真が入ってきた。

美咲、！　と。

67　素粒子物理学研究センター・書庫

電子装置で施錠されたドアの前で焦っているさくら。

さくら「ねえ、このままずっと開かなかったらどうするの？　干からびてさ、死んじゃうよ？」

書棚の間を黙々と探索している優花。

高い位置のファイルを取ろうとして、脚立に立ち、必死に手を伸ばす。

どさっと大量に記録ファイルが落ちてきた。

優花、避けようとして脚立から落ちて、床に倒れる。

さくら、慌てて来て、手を貸して。

さくら「何してるの」

優花、床に落ちて、開いているファイルに気付く。

おそれ
入りますが、
切手を
お貼り
ください。

読者ハガキ

151-0051
東京都渋谷区千駄ヶ谷3-56-6
(株)リトルモア　行

Little More 

ご住所　〒

お名前(フリガナ)

ご職業　性別　年齢　才

メールアドレス

リトルモアからの新刊・イベント情報を希望　□する　□しない

※ご記入いただきました個人情報は、所定の目的以外には使用しません。

ご購読ありがとうございました。
アンケートにご協力をお願いいたします。 voice

お買い上げの書籍タイトル

ご購入書店

市・区・町・村　　　　書店

本書をお求めになった動機は何ですか。

□新聞・雑誌・WEBなどの書評記事を見て（媒体名　　　　　　　）
□新聞・雑誌などの広告を見て
□テレビ・ラジオでの紹介を見て／聴いて（番組名　　　　　　　）
□友人からすすめられて　□店頭で見て　□ホームページで見て
□SNS（　　　　　　　）で見て　□著者のファンだから
□その他（　　　　　　　）

最近購入された本は何ですか。（書名　　　　　　　）

本書についてのご感想をお聞かせくだされば、うれしく思います。
小社へのご意見・ご要望などもお書きください。

ご協力ありがとうございました。
いただいたご感想は、全文または一部抜粋のうえ、本の宣伝等に使用する場合がございます。

五年前の日付の日報のようだ。
はっとして手にし、ファイルをめくっていく。

さくら「ねえ、どうするの、このまま……」

優花の手が止まって。

優花「あった」

大型加速器への侵入者案件に関する報告書だ。
侵入者の名前が表記されており、津永悠木とある。
（続く資料に、物理学者で、七年前に海難事故により行方不明となり、五年前に生還したと記述あり）

優花「津永悠木」

さくら「津永悠木……？」

優花「この人を探せば……」

さくら「優花、探さなくたって知ってるよわたしたち、この人」

優花「え？」

68　公立文化ホール・渡り廊下

　慰霊碑の前に加山と共に典真が立っており、美咲が見守っている。
　加山、典真に『声は風』の楽譜を手渡して。

加山「合唱指導をしてもらいたいと思ってね。君なら、(慰霊碑を見て)この子たちの追悼になると思うんだ」
　美咲、へえ！　と期待して、典真を見る。
典真「(慰霊碑を意識しながら)僕には相応しくありません」
　美咲、首を振る。
加山「これを機会にもう一度音楽の世界に戻って欲しいんだ」
典真「ごめんなさい……」
　美咲、……。

69　道路

　走るバスの車中、美咲と通路を挟んだ隣の座席に典真が座っている。
　典真、加山から受け取った楽譜を膝に置いていたが、滑って、通路に落ちた。

典真、落ちた楽譜を見るが、拾わない。
拾いたいが拾えない美咲、……。
その時、バスが揺れる。
同時に同じ方向に傾く美咲、典真。
わ、となる美咲。
横を見ると、典真もまた、傾いている。
揺れが終わり、姿勢を戻す美咲、典真。
美咲、典真を見て、なんだかおかしくて微笑んで。

美咲「あの。こんにちは」
まったく聞こえていない典真。
美咲「お久しぶりです、高杉さん。相楽美咲です」
聞こえていない典真。
美咲「ごめんなさい。諸事情があって、あなたに話しかけることができません。目を合わすこともできません」
聞こえていない典真。

美咲「でも、ひと言お伝えしたくて……いつも、いつもね、あなたを応援しています」
聞こえていない典真。
美咲「わたし、ちゃんと見ました。あなたがね、典真……」

*

回想フラッシュバック。

十二年前、公立文化ホールの一角で、立ち入り禁止テープに遮断され、立ち尽くしている典真。

横切っていく担架。

呆然と見つめる典真の手にはコンビニの袋があって、肉まんが二個入っている。

美咲の声「肉まん二個買ってきてくれたこと」

優花とさくらを連れてその前を通り、典真を見ている美咲。

美咲の声「嬉しかった」

*

聞こえていない典真に話し続ける美咲。

美咲「見てたから。あなたに幸せでいて欲しいと思っています。あなたが元気で……」

後方にいた中年男性が落ちた楽譜に気付いて。

中年男性「なんか落としたよ」

典真、すいませんと頭を下げ、楽譜を拾う。

バッグにしまい、肩を落としている典真。

美咲、無力感で、……。

70 三人の家・居間（夜）

帰宅した美咲、入ると、優花とさくらがくっついて座ってテーブル上の何かを見ている。

美咲「おかえり……」

優花とさくら、振り返り、しーっと。

二人の前にはラジオがあり、音楽が流れている。

美咲「何してるの……」
優花とさくら、また、しーっと。
美咲「（ぶつぶつと）なんだよ……」
音楽が終わって、津永が話しはじめる。
津永の声「津永悠木です。明日の天気をお伝えします。明日は朝から気温が下がって……」
美咲「この人の予報ってさ、いつも間違えてない？」
さくら「この人、気象予報士じゃなかったから」
美咲「え？」
さくら「こんな番組なかったの」
新聞のラジオ番組表を示す。
美咲「じゃ何、誰、この人」
優花「死んだ人。わたしたちと同じ、死んだ人。電波を使って、何か伝えようとしてるのかもしれない」
淡々と天気予報を伝えている津永の声。
美咲「（え？ と懐疑的で）いや、あのさ……」

優花とさくら、また、しーっと。

＊

深夜になり、ラジオからは音楽が流れ続けている。
ソファーによりかかり、ほとんど眠りかけの美咲とさくら。
優花、コーヒーを三つ持ってきて、置く。
美咲とさくら、起きて飲む。

さくら「(ラジオを見て) やっぱり関係なかったんじゃないの?」
優花「(そうだったんだろうか、と) ……」
美咲「うん、お風呂入って寝よ」
さくら、美咲が持っていた合唱コンクールのチラシに気付いて。
さくら「何それ」
美咲「あ、別に……(と、誤魔化しかけるが、思い直し) これさ、出てみないかなって思って」
優花、さくら、え? と。

美咲「わたしたち、合唱してみない？　また歌うの」
さくら「いや、出たって、誰にも聞こえないじゃん」
美咲「ま、そうだけど」
優花「参加賞さえもらえないよ」
美咲「ま、そうだけども……楽しいと思うんだよね」
　チラシを見て、想像する優花とさくら。
優花「……ま、楽しいっちゃ楽しいかもね」
さくら「うん、楽しいかもね」
　少し笑顔になる優花とさくら。
優花「え、何歌うんだろ」
さくら「歌えるかな」
美咲「もちろん練習するんだよ」
さくら「え、じゃあちょっと軽く？」
優花「え、やってみる？　でも自信ない」
美咲「それは三人一緒だし……」
　その時、ラジオの音楽が終わって、ノイズになって。

三人、え？　と見ると、ノイズが消えて。

津永の声「音声周波数76・0メガヘルツ、出力20ワット、東雲(しののめ)海岸星ヶ崎灯台送信所よりお送りしています……えっと、えー、あ、すみません、聞こえますか？　あの、聞こえますか？」

驚く三人、ラジオの前に集まる。

津永の声「すみません、あの、そちらに死んでる方がいらっしゃると思うんですけど、死んでる方聞いてますか？　こんばんは」

優花とさくら、え、と顔を見合わして。

優花「（ラジオに向かって）こんばんは」

さくら「こんばんは」

美咲「（二人を見て、困惑）」

津永の声「えっと、僕、津永悠木と言います。お伝えしたいことがあって放送しています。僕は以前一度死にました。今は生きています。そっちの世界から戻れたんです」

美咲、優花、さくら、！　と。

津永の声「いちおうそっちがどんなあれかも知ってます。生きてる時とほぼほぼ同じ世界、ですよね」

優花「はい、そうです」

津永の声「ただ、誰にも気付いてもらえない、まるで透明な煙のような存在である」

さくら「そうです」

困惑している美咲。

美咲「ねえ、この人、変だよ……」

津永の声「すでにお気付きかもしれませんけど、人って死んでも消えません。もしあなたが元の世界に帰りたいなら、方法はあります」

身を乗り出す優花とさくら。

津永の声「今は記憶や感情がさまよっていて、互換性がなくなってる状態なんです。であれば、元いた世界の誰かと感情の素粒子を通じ合わせればいいんです。心と心を繋ぐことにより、肉体の素粒子ごと互換性を取り戻せます……」

美咲「おかしいって。何言ってるかわからないよ……」

優花「黙って」

美咲「……」

津永の声「僕自身、妻に思いを届けることで、帰ることに成功しました。よろしいですか、あなたの大切な人に会うんです。そして思いを届けてください。そうしたら僕があなたを観測し、こっちに引き戻します。今より100時間後、7月7日、4時30分日の出の時、東雲海岸星ヶ崎灯台にて、お帰りをお待ちしています」

優花、慌てて場所と時間をメモする。

美咲、首を振っている。

津永の声「きっと飛べます。飛んできてください」

優花、『飛ぶ』と書き、二重線を引く。

ノイズが入って、再び音楽が流れはじめた。

高揚している優花とさくら。

美咲「おかしいよ。この人、ふざけてるんだよ、めちゃくちゃ言ってるんだよ。創作って言うか、妄想って言うか」

さくら「こっちのこと、よく知ってた」

美咲「たまたまだよ」

優花「感情は素粒子だから、引き戻されれば……」

美咲「無理だよ、妄想だもん、ありえないって……」

優花「ありえないってなんで言えるの。幽霊なんてありえないって思ってたでしょ？でもいたでしょ。わたしたち、ありえないって言われなきゃいけない存在なの？」
美咲「それは……」
さくら「なんで美咲は帰ろうとしないの？　ここで暮らすことばっかり考えて」
美咲「だって、もう、今楽しくできてるじゃない。ここで大人になれたじゃない」
さくら「そうだけどさ、わたしも、もう顔もちゃんとおぼえてないけど、いちおう家に帰ってみたいもん」
美咲「ここが家だよ。わたしたち三人で家族だよ」
優花「美咲は帰りたくないんでしょ」
美咲「え……」
優花「家に帰ってもって思ってるから、生きてた頃の世界が好きじゃなかったから、こっちの方がいいんでしょ」
美咲「……（そうなのかもしれない）」
優花「（言い過ぎたかと思って）ごめん」
美咲「……（首を振る）」
優花「でも、ごめん、わたし、見つけちゃったんだよ、ママを」
美咲「（え、と）」

優花「花屋で働いてた。目が合った気がした。そしたらさ、やっぱりさ、会いたいしさ、気持ちだって届くかもしれないって思っちゃって……ごめん」

美咲「(首を振る)」

美咲、優花とさくらを見つめ、強い意志を感じる。

美咲「……もしデタラメだったら、傷付くかもしれない」

優花「構わない。わたしは存在を証明したい」

美咲「(うなずき) わかった」

優花「ありがとう」

三人、合唱クラブの集合写真を見る。

さくら「気持ちを届けるのって、親とかじゃなくても、強く思ってる人でいいんだよね？ だったら、わたしも会いたい人がいる」

美咲「(戸惑いが残っていて) ……」

71 海岸通り（日替わり）

歩いてくる美咲、優花、さくら、埠頭の方を見る。

灯台が建っている。

優花　「7月7日、4時30分。あの場所に行く」

優花とさくら、半信半疑の美咲を見て。

さくら「嫌だからね、誰かひとりだけ残っちゃうなんて」

美咲　「(内心葛藤がありながらも隠し)ずっと一緒だよ」

強い風を受けながら、海を見つめる三人。

72　街角(日替わり)

軽バンに彩芽が戻ってきて、ドアを開ける。

すぐ脇にいた優花が素早く乗り込み、そのまま助手席に座る。

運転席に乗った彩芽、車を出す。

73　三人の家・外

小径から家の周辺に建築関係者が集まっている。

美咲、不安そうに覗き見ていると、さくらが出かけようとする。

美咲　「出かけるの?」

さくらのバッグから例の週刊誌がはみ出してる。

美咲の視線に気付いてバッグを持ち変えるさくら。

さくら「いってきます」

行ってしまうさくら。

美咲「いってらっしゃい……」

建築関係者が測量しはじめている。

74 オフィスビルの正面入り口

会社員たちが出入りしている脇、階段などに座り込んで週刊誌を広げて読んでいるさくらの姿。

見開きのスクープ記事に、『かささぎ児童合唱クラブ殺傷事件の加害者少年が少年刑務所を出所』の旨の大きな見出し。

小見出しに、『三人の女児を無差別殺害』『十二年の刑期を終えて』とあり、目隠しされた学生服姿の犯人のモノクロ写真。

小見出しの最後に『清蓮出版が手記を出版』とある。

さくら、週刊誌を閉じ、立ち上がる。

オフィスビルの表示にその出版社、青蓮出版社の名前がある前を通る。

認証ゲートがあって、社員たちはＩＤを提示して通り抜けていくなか、さくら、飛び越えて難なく入る。

75　出版社の書籍編集部

書籍編集部で編集部員が仕事をしているなか、入ってくるさくら。

部員たち、作業中の文書などを覗きながら進む。

電話対応している編集者がいる。


編集者「あいにく担当は出ておりまして、ええ、広報を通していただければと。はーい」

電話を切り、付箋に何やら記し、席を立つ。

さくら、追うと、編集者は奥のひときわ乱雑なデスクに付箋を貼って、また戻った。

さくら、デスクを見ると、同様の付箋が大量に貼ってあり、どれも『かささぎ案件クレーム電話あり』ばかり。

少年犯罪、無差別殺人に関する本などがある。

デスク上、引き出しを調べはじめるさくら。

76 花屋・店内

接客中の彩芽を、バケツに座って眺めている優花。

客「結婚記念日なんです」

彩芽「かしこまりました」

花を選ぶ彩芽と一緒に見る優花。

優花、ひとつの花を示して。

優花「これは？　これよくない？」

彩芽、その花を手にした。

優花「（嬉しく）さすが。センスいいね」

77 通り（夕方）

買い物袋を提げた彩芽と歩く優花。

彩芽と一緒に帰る体（てい）でいる優花、買い物袋を覗き込んで。

優花「ママのカレー美味しいもんね。うん？　カレーなんか誰が作っても同じ？違うよ。ママのカレーはぜんぜん違う」

ふっと立ち止まり、空を見上げる彩芽。

優花、その視線を追って見上げると、夕焼け空。

優花、彩芽と一緒に空を見つめることが嬉しい。

優花、彩芽の腕をぽんぽんと叩いて。

優花「あのさ、ママ。優花さ、今ね、153センチ。153センチなんだよ？」

優花、彩芽の手に手を重ねる。

78　三人の家・居間（夜）

台所に立っている美咲と優花。

優花「再会って言うか、まあべつに普通だけど……」

美咲「いいよ、遠慮しなくて」

優花「まあ、手つないじゃったよ」

美咲「やるねー。会ってみたいな」

優花「紹介する。今日の感じだったら、届く気がする。残り55時間、間に合うと思う……」

その時、入ってくるさくら。

美咲・優花「おかえり」

さくら「（二人を見ずに）ただいま」

さっさと階段を上がって二階に行ったさくら。

美咲、優花、あれ？　と。

79　同・寝室

しゃがみ込んでいるさくら。

睨むような目をしていて、その手に、倉庫管理会社の名称と、増崎要平（ますざきようへい）と書かれたメモ書きがある。

80　通り（日替わり）

美咲と優花、通りに立って何か待っている様子の彩芽を見ている。

美咲「後ろ姿も優花に似てる」

優花「(照れて) あんなかな」

美咲、優花の襟を直し、前髪を整えてあげる。

優花「いいって、どうせ見えないんだから」

道路の方を見ている彩芽。

二人、彩芽のもとに行こうとすると、車が停まった。

四十代の木幡啓史(けいし)が降りてきて、助手席のドアを開けると、六歳の女の子、木幡海音(かのん)が出てきた。

海音を抱きしめる彩芽。

保育園で作ったようなお制作を彩芽に渡す啓史。

家族三人の光景。

見つめている優花、優花を心配する美咲。

優花「……(微笑って) そか、そかそか、そりゃ再婚するか」

81 木幡家の部屋

2LDKほどのマンションの一室で、キッチンにて、クッキー作りをしている彩芽と海音。
丸や星の形にくりぬいた生地をトレイに並べる。

海音「パパはお腹出てるから小さい方」
彩芽「あ、ずるーい」
その様子を、カウンターなどに腰掛けて眺めている美咲と優花。
海音「ママにも大きいのあげるから」
彩芽「ありがとう」
海音「買収成功」
彩芽「(笑って）どこでそんな言葉おぼえたの」
海音、トレイをオーブンに運ぶ。
彩芽「気を付けて」
彩芽が支えるスツールに立って、少し高い位置にあるオーブンにトレイを入れる海音。
上手く出来て、笑顔を交わす彩芽と海音。
優花、……、美咲、そんな優花に、……。

部屋の外で洗濯機の終了の音が鳴っている。
彩芽「(オーブンを示し）熱くなってるから……」
海音「これでしょ?」
可愛い刺繍のあるミトンを示す。
彩芽「うん。まだ触らないでね」
彩芽、海音の頭を撫でて、優花の真横を通る。
優花、……。
素通りし、出ていった彩芽。
嬉しそうにミトンを手にはめている海音。
優花「……(微笑って）良かった。幸せそうで」
美咲「(気遣って）お菓子作ってるだけじゃん」
優花「ずっと悲しんでるみたいな感じだったら気まずかったし」
海音、ミトンをはめて、スツールに立ち、オーブンの扉に手をかけている。
大丈夫かな?　と見る美咲と優花。
海音、熱いプレートに触れており、足元のスツールがぐらついている。
美咲「大丈夫かな（と、優花を見ると)」

優花「（海音をじっと見据えている）……」
　心配をしているだけではない優花。
美咲「（優花の複雑な感情を察し）……」
　海音、プレートを抜こうとし、スツールがぐらつく。
優花「（見据え）……」
美咲「（海音と優花を交互に見て）……」
　海音、不安定な姿勢でプレートを出そうとする。
美咲「（思わず）駄目、危ない」
　その時、入ってくる彩芽、気付き。
彩芽「海音」
　海音、慌ててプレートを戻す。
彩芽「熱いんだから」
海音「大丈夫だよ」
　無事だった。
美咲「（安堵し、優花を見る）」
優花「（我に返って、美咲の視線に気付き、罪の意識から顔を歪めて）……」

＊

出来上がったクッキーを食べている彩芽と海音。
見守っている美咲と優花。

海音　「海音はね、ハートの形のが好き。ママは?」
彩芽　「ママは……」
優花　「ママは星」
彩芽　「星かな」
星のクッキーを手に取る彩芽。
優花、彩芽のそばに行って。
優花　「わたしはこれ」
優花、三日月のクッキーを指さす。
彩芽にも海音にも聞こえていない。
優花　「わたしは三日月のが好き」
反応しない彩芽。
苦しそうな優花、部屋を出ていき、美咲、追う。

82　マンションの非常階段

駆け下りてくる優花、追ってきた美咲。
優花、振り返って、髪をくしゃくしゃにして、自嘲的に微笑って。
優花「こんなふうにして、幽霊は呪ったりするようになるのかな」
美咲、首を振って、優花の手を取る。
優花「(微笑いながら) あんな早く死ぬなら生まれてこなくて良かった」

83　港湾

大型船が停泊している。
フォークリフトが荷を運んで移動している。
運転している作業員の横に、さくらが座っている。
倉庫の前で停まり、飛び降りるさくら。
さくら「(作業員に) ありがとう」
倉庫の社名を確認し、中に入っていく。

84　倉庫の中

作業員が出入りするなか、入ってきたさくら。
ホワイトボードに並んだ作業員の名前を確認する。
増崎要平の名があり、出勤しているようだ。
覚悟し、高く積まれた荷物の間を歩いていく。
奥に、体が大きく、髪を染めた作業員の姿が見えた。
さくら、その作業員に狙いを定め、近付く。
途中、弁当を取っている作業員二人とすれ違う。

作業員「若いんだから遠慮しないで、はい、カルビ弁当」
さくら、弁当を受け取る作業員の横をそのまま通り過ぎようとすると。

作業員「おい増崎くん、箸忘れてる」
さくら、え、と振り返る。
眼鏡をかけていて、人なつこい笑顔で箸を受け取っている増崎要平。

さくら「(ぽかんと見つめ)……」
弁当とお茶を受け取った増崎がこっちに来る。

右手に箸をつかんでいる。
まるでさくらを見ているように見える。
さくら、呼吸が荒くなり、後ずさりし、背後の荷物にぶつかって転ぶ。
増崎が歩み寄ってきて、通り過ぎた。
恐怖で立てないさくら。

85

三人の家・居間

帰ってきた美咲と優花。

優花「どうしよ、ママじゃ心を通じ合わせるの無理だ……」
美咲「大丈夫だよ」
優花「(二階を見上げ)さくらは誰に会おうとしてるんだろ」

86

同・寝室

美咲、優花、入ってきたが、さくらの姿はない。
美咲、デスクの上の週刊誌に気付く。

何か嫌な予感がありながら開く。
二人、犯人の記事を見て、！　と。

87　通り～横断歩道（夜）

走る美咲、優花。
道路に飛び出しかけて、優花につかまれる美咲。
赤信号だった。
横断歩道の途中、車が行き交うなか、無防備にさくらが立っている。
信号にかまわず駆け出す美咲、優花。

美咲「さくら」
優花「さくら」
車が行き交うなか、道路上で会う三人。
震えているさくら、顔を上げて。
さくら「見つけたよ。わたしたちを殺した人」
美咲、優花、！　と。

さくら「笑ってた。カルビ弁当食べてた……」
足元から崩れそうになるさくら。
抱きしめて支える美咲と優花。

88
三人の家・寝室

美咲から受け取ったココアを飲むさくら。
心配し、見守っている美咲と優花。

優花「なんでそんなところに行ったの」
さくら「わたしが一番会いたい人だったんだよ」
美咲「馬鹿。なんかあったらどうするの」
さくら「なんかって、死んでるのに何もないでしょ」
美咲「怖かったでしょ。怖かったはずだよ」
さくら「(その通りで)……」
美咲「もう近付いちゃ駄目」
さくら「……嫌だ」

美咲「なんで」
さくら「知りたいからだよ。なんで殺されたのか」
美咲、優花、え、と。
さくら「わたし、いつも信号守ってたよ。火遊びもしなかったし、お菓子食べてばっかりもしなかった。でも死んじゃった。次の日うちに犬が来るはずだったんだよ。一緒に散歩行こうって楽しみにしてたのに、なんでかわからないまま、殺された。ふつぅ聞きたくない？　なんで殺したの？　なんでわたし殺されたの？　って。信号守ってたのになんで？　お菓子我慢したのになんで？　知りたくない？」
優花「知りたいけど……」
美咲「知っても……」
さくら「二人が行かなくてもわたし行くよ。わたしの気持ちをあいつに伝えて、元の世界に戻るんだ」
美咲、優花、……。

89　港湾（日替わり）

歩いてきた美咲、優花、さくら。
倉庫が見えてきた。
恐怖心がある三人。
優花、持ってきた目覚まし時計を見る。

優花　「日の出まで12時間」
さくら　「（うなずき）行こう」
意を決し、近付いた時、出入り口付近に立っていた女性が振り返った。
彩芽だった。
優花　「ママ……」
その時、倉庫から出てきた増崎。
さくら　「（はっとし）……」
美咲・優花　「（その表情から察して）……」
増崎を見て、足がすくむ美咲、優花、さくら。
緊張した面持ちで彩芽のもとに行き、会釈する増崎。
彩芽　「少しお時間いただけますか？」

増崎「(困っていて）どうしてここの……」
彩芽「ご結婚されるそうですね。お相手のご親族の方から電話がありました」
増崎「職場の他の方に迷惑が……」
彩芽「車で来ました。場所を変えましょう」
増崎「刑期も終えて、真面目に働いています」
彩芽「行きましょう」
増崎「はい……」
彩芽、車を駐めた方を示し、歩き出す二人。
見ていた美咲、優花、さくら。
美咲「止めなきゃ」
さくら「どうやって?」
わからない。
駐車してあった花屋の軽バンに乗り込む彩芽と増崎。
優花「ママ」
走り出す優花。
続いて美咲、さくらも走る。

90　道路

走る軽バン。
運転している彩芽、助手席に困っている様子の増崎。
後部荷台に美咲、優花、さくら。

91　大型駐車場

入ってきて、停車する軽バン。
壊れかけの場内スピーカーから気の抜けた音楽が流れている。
降りてくる彩芽、増崎。
開いたドアから続いて降りる美咲、優花、さくら。
数台の車が駐車されているが、ひとけはない。
美咲、優花、さくらが寄り添って聞くなか、話す彩芽と増崎。

彩芽「何度か手紙を出しました。読んでいただけてますか?」
増崎「あ、はい」
彩芽「本当に?」

増崎「あ、はい」

彩芽「刑期を終えられたこともわかってます。わたし自身、支えてくれた人と再婚して、二人目の子供もできました。それは、生きなきゃって思ったから。どうすれば前に進めるか、考えながら、十二年経って……（絞り出し）許す、という思いも、時々よぎります。こういうことをね、あなたに話せること自体……わかりますか？」

増崎「はい」

彩芽「何が？」

増崎「あ、許す……？」

彩芽「……」

増崎、自分の服に付いていた糸くずを取る。

彩芽、それを見て、……。

彩芽「たくさんの人が、当時たくさんの人が、幼い子の命を無駄に、みたいに、話してたんです。たった九歳で、かわいそうだって、話してたんですね。わたし、それは違うのになって思ってました。そういうんじゃないよって、言いたかったんです。優花に。あなたが生まれてきたことは無駄じゃなかったよ。人の一生に長いも短いもないの。あなたはちゃんと生きたんだよ。生まれてきてくれてありがとう。そう、言いたかったんです」

優花「うん……」

彩芽「わかります?」

増崎「……すいません、どの部分が質問か……」

彩芽「質問じゃなくて。わたし、その同じことを、優花に言いたいことを、どうしたらあなたにも言えるかって……」

増崎「あ。あ、はい、わかります」

彩芽「はい?」

増崎「いつまでも落ち込んでても、天国にいる子は喜ばないし」

美咲、優花、さくら、……。

増崎「前向きに生きないとなって思ってます」

彩芽「……(増崎を睨む)」

増崎「今後はお互いに第二の人生だと思って……」

増崎に詰め寄る彩芽。

彩芽「なんで?」

増崎「はい……？」

彩芽「なんで殺したの？」

増崎「……荷物来るんで戻らないと」

増崎、困ったようにし、助手席のドアを開け。

増崎「すいません、お願いします」

増崎、助手席に乗り込んだ。

運転どうぞとハンドルを示している。

彩芽、……。

美咲、優花、さくら、！　と。

彩芽、バッグからナイフを取り出しながら、運転席に乗り込んだ。

車内で、彩芽、増崎にナイフを突きつけた。

美咲、優花、さくら、車に詰め寄る。

彩芽がナイフを突きつけて増崎に話している。

以下、美咲、優花、さくらにも聞こえず、オフの会話として。

彩芽「娘を返して」

増崎「いや、あの、ごめんなさい」

彩芽「優花を返して」

増崎「ほんとごめんなさい、ほんとごめんなさい」

車の外にいる三人には聞こえず。

優花「ママ、もういい。ありがとう。ママ、もういいよ」

車内で揉み合いになる彩芽と増崎。

増崎の眼鏡が外れて落ちる。

激しい物音、クラクションが鳴る。

苦しそうな増崎、彩芽を力一杯突き飛ばした。

体をぶつけ、うずくまる彩芽。

増崎、彩芽を組み伏せて、首を絞めはじめた。

優花「ママ!」

優花、ドアを開けようとするが、開けられない。

美咲とさくらは反対側から開けようとするが、やはり開けられない。

彩芽の足がバタバタと窓に当たっている。

クラクションが鳴り続ける。

美咲、優花、さくら、窓を叩く、体当たりする。

車に反応はない。
車内では抗う彩芽の首を絞め続けている増崎。
美咲、優花、さくら、必死に窓を殴る。
美咲、軽バンによじ登り、フロントガラスを蹴る。
優花、さくら、繰り返し繰り返し体当たりし、蹴り続ける。

美咲「割れろ。割れろ」

優花「割れろ」

さくら「割れろ」

ふいに優花の体が突き飛ばされた。
運転席のドアから転がり落ちた彩芽。
彩芽、苦しそうに咳き込みながら立ち上がり、助手席から降りてくる増崎に気付く。
痛めた首を押さえている増崎、怒りの表情で、車内からナイフを拾い、つかんだ。

優花「逃げて」

走り出す彩芽。
美咲、優花、さくらも一緒に走る。

ナイフを持って追いかけてくる増崎。
逃げる彩芽、そして美咲、優花、さくら。

92 狭い通り

走る彩芽。
並走して走る美咲、優花、さくら。
ナイフを持って追いかけてくる増崎。
曲がり角を曲がり、路地に入る彩芽。
増崎は気付かず、そのまま直進していった。
走る彩芽。

93 道路

走る彩芽。
並走して走る美咲、優花、さくら。
優花「逃げて。ママ、逃げて」

走る彩芽。

息が荒く、苦しそうで、立ち止まってしまう。

増崎が走っている足音が聞こえている。

優花「駄目、ママ、逃げて、お願い、ママ、逃げて」

彩芽「逃げて……」

美咲・優花・さくら「（え、と）」

彩芽、再び走り出しながら。

彩芽「逃げて、優花。逃げて、優花」

美咲・優花・さくら「……」

美咲、優花、さくら、気付く。

彩芽が見ている先に、必死に走って逃げている十歳の美咲、九歳の優花、八歳のさくら。

優花、振り返って彩芽を見る。

目が合った。

彩芽「（優花に）逃げて」

優花「……」

美咲、振り返ると、こっちに気付いて追ってくる増崎。

94　長い階段～道路

走って来る彩芽、そして美咲、優花、さくら。
振り返ると、こっちに気付いて追ってくる増崎。
長い階段がある。
駆け上がっていく彩芽、美咲、優花、さくら。
道路に出て、走り続ける。
迫ってくる増崎。
彩芽、足を踏み外し、転んでしまった。
彩芽を庇うようにおおいかぶさる美咲、優花、さくら。
追ってくる増崎。
必死に彩芽を庇う三人。
その時、背後で激しいブレーキ音。
振り返ると、道路を横から来た車が停まっている。
倒れている増崎。

頭から血を流した増崎、こっちを見ながら立とうとする。
しかし再び倒れた増崎。
美咲、優花、さくら、……。
倒れ込んだまま、激しく息をしている彩芽。

優花「ママ」
さくらは倒れた増崎を睨んでいて。
さくら「返せ……返せ」
美咲、見ると、さくらが増崎のもとに行こうとする。
美咲、羽交い締めにして止める。
美咲「さくら」
さくら「返せよ、返してくれよ」
膝をついてうずくまるさくら、抱きしめる美咲。
優花、地面の何かに気付く。
彩芽のポケットから落ちている、ティッシュに包んだ三日月の形のクッキー。
優花、手にして、思いが込み上げる。

心の中で叫んでいる美咲、優花、さくら。

＊

日が沈みかけていて、パトカーが到着している。
啓史が来ており、彩芽を支えている。
警察官に導かれ、パトカーに乗り込む彩芽と啓史。
走り去るパトカーを見送った美咲、優花、さくら。
優花、三日月のクッキーを見せて。

優花「これって……」
美咲「届いたんだよ」
さくら「間に合うかな」
美咲、目覚まし時計を出し、見て。
美咲「急ごう」
走り出す三人。

95 海岸線を走る電車（夜）

がらんとした車内、吊革をつかんで立っている美咲、優花、さくら。
美咲、窓の外に気付き、二人に示す。
海が見えてきた。

96 海岸沿いの通り（日替わり、早朝）

白みはじめた空の下、走る美咲、優花、さくら。
岬に立つ灯台が見えてきた。
海岸に降り、走っていく。

97 灯台の中

階段を駆け上がる美咲、優花、さくら。
見晴らし台に出て、強い海風が吹き付け、三人の髪をなびかせる。
正面に明るくなってきた海が見えた。
目覚まし時計を見ると、針が約束の時刻に近い。
朝陽が三人の顔を照らしはじめる。

三人、手を伸ばし、つなぐ。
目を閉じる優花、さくら。
美咲は目を開け、不安を感じていて、……。

優花「（察したように、目を閉じたまま）美咲、帰るよ」
美咲「（うなずき）帰ろう」

美咲、決意し、目を閉じる。
時計の秒針が約束の時刻に迫る。
風を受けながら、海に対峙した三人。

優花「……飛べ」
さくら「飛べ」
美咲「飛べ」

水平線に現れた太陽。

三人の声「飛べ」

陽光が広がる。
時計は約束の時刻を過ぎ、進んでいる。

美咲、目を開き、優花、さくらも目を開く。
三人、周囲を見回す。
顔を見合わせ、何か変化はあっただろうかと思う。

98　海岸

灯台から出てきた美咲、優花、さくら、半信半疑な思いで歩いている。
その時、向こうから来る漁業者ふうの男、井出史生(いでふみお)。

井出「よー、おはようさん」
こっちに手を挙げながら言う。
美咲、優花、さくら、え、と。

井出「朝からどうした。どっから来たの」
三人、驚き、背後を確認するが、誰もいない。
三人、！　となって、期待が高まるなかで。

美咲「東京です」
井出「今日もいい天気だね」

優花「はい」

井出「いい一日になりそうだ」

さくら「はい」

井出、三人の前に来る。

美咲、優花、さくら、笑顔で井出に対峙する。

井出「どう？　釣れてる？」

井出は三人がまったく見えておらず、そのまま間を通り抜けていった。

美咲、優花、さくら、え……、と。

三人、振り返ると、一段下がった突端で折り畳み椅子に座り、釣りをしている若い男性がいる。

井出「どうなの？」

井出に気付き、イヤホンを外す若い男性。

若い男性「あーどうも、いや、ぜんぜん駄目っすね」

釣果を見て、話しはじめる二人。

美咲、優花、さくら、顔を見合わせる。

笑いが込み上げ、もう！　と肩を叩く。

淋しくも笑う三人。

99 道路

走るバスに乗っている美咲、優花、さくら。
美咲、横を見ると、近くの席の会社員ふう男性がスマホでニュースを見ており、児童殺傷事件犯人が被害者の母親に怪我を負わせた上、事故で現在意識不明との旨の記事がある。
目を逸らし、窓の外を見ると、典真が歩いていくのが見えた。

美咲「（あ、と）……」

バスが停車した。
優花とさくらも典真に気付いて、美咲に、行っておいでと目配せする。

美咲「いや……（と、一瞬躊躇するが）」

美咲、席を立ち、閉まりかけたドアから降りる。
走り出すバスの窓から、典真に駆け寄る美咲を応援するように見つめている優花とさくら。

100　公立文化ホール・渡り廊下

子供たちの合唱の声が遠く聞こえるなか、見回しながら来る美咲。
典真が加山と話していて。

加山「君がね、背負う必要はないんだよ」
典真「あの子には誰もいなかったから」
美咲、……。
典真「僕が忘れたら、あの子が消えてしまうから」
美咲、……。
加山、そうかとうなずき、鍵を取り出し、典真に手渡す。

101　同・旧館廊下〜旧リハーサル室前

メイン棟から離れ、暗い廊下を歩いていく典真の後を付いていく美咲。
奥に進んで、ある部屋の前に立った。
美咲、見ると、十二年前のリハーサル室だ。
典真、加山から受け取った鍵を出し、緊張しながら差し込んでドアを開け、入る。

美咲、不安がありながらも、続いて入る。

102 同・旧リハーサル室

美咲、典真に続いて入ってくる。

美咲、見ると、室内は十二年前のままあった。

窓から夕陽が差し込むなか、椅子、机、ピアノ、メトロノーム、ポスター、ホワイトボードの香盤表、鉛筆、集合写真を撮った場所。

美咲、ぽかんと部屋を見ていると、すすり泣きの声が聞こえてくる。

典真がピアノの前に座り、涙をこぼしている。

典真「……ごめんなさい」
美咲、典真のもとに行き。
美咲「典真。違うよ。典真悪くないよ。典真のせいじゃないから、謝らなくていいんだよ」
典真「ごめんなさい」

手のひらで顔を覆って、嗚咽する典真。

美咲「違う違う。あのさ、わたし、わたしたちみんなさ、元気に暮らしてるんだよ。学校も行ってたし、仕事もしてるし、三人、仲良く暮らしてる。たまに喧嘩もするけどさ、支え合ってる。大きくなったらこんなふうになりたいな、こんな大人になりたいな。そう思って、そうやってね、十二年間、毎日生きてきたんだよ。見て、ちゃんと大人になれたでしょ。一緒一緒。心配しないで。大丈夫だから。元気に暮らしてるから」

典真の目から涙が落ちる。

美咲、その涙に手を伸ばす。

拭おうとするが、涙は消えない。

美咲「……（と、悔しくて首を振る）」

涙を拭う典真、立ち上がり、出て行こうとする。

悔しく見送る美咲。

その時、ばさっと音がした。

美咲、典真、振り返ると、メトロノームの脇に積んであった備品が床に落ちている。

典真、引き返して拾い集めていて、ふと手が止まる。

ノートが混ざっていた。

表紙に、幼い頃の美咲が自分なりに工夫してロゴっぽく書いた字で、『MISAKI SAGARA'S SOUSAKU NOTE』とある。

典真、美咲のものだと理解し、表紙を見つめる。

典真、再び座り、目を通しはじめる。

美咲も横にしゃがんで、隣から覗き込む。

最後の方のページに、『音楽劇　王妃アグリッピナの片思い』と書かれてあった。

典真、はじめは小さな声で読み上げはじめる。

典真「最終幕。コルネリアが扉を開けると、そこには王妃アグリッピナの姿があった……」

典真、台詞を読む。

典真「お待ちください。お待ちくださいさい、王妃。わたしです。コルネリアです。アグリッピナ様ではありませんか」

典真、答える美咲を思う。

美咲、典真の思いを推し量り、台詞を読みはじめる。

美咲「そのような者をわたしは知りません」
典真「しかし……」
美咲「あなたの知る王妃はすでにこの世を去りました」
典真「なぜそのような嘘をおっしゃるのですか」
美咲「来るな。わたしを見るな」
典真「あなたを探し続けておりました。なぜこのような場所で、身をやつしておられる」
美咲「自ら望んだことだ」
典真「王妃、わたくしはあなた様を……」
美咲「おまえとわたしは異なる運命に生まれし者。近付くことは決して許されない」
典真「運命、それがなんだと言うのですか。わたくしは、あなた様のことを心より愛しております」
美咲、その言葉を受け止めて。
美咲「……ならば、その目を、その耳を塞ぎ、聞きなさい」
目を閉じる典真。
美咲「わたしもです。わたしもあなたを思い続けてきました。あなたを思いながら眠りにつき、あなたを思いながら目を覚ましました。愚かしいこの人生であなただけがわたしに安らぎをくれた」

典真「あなたと共に生きるのが望みです」

美咲「わたしの思いはあなたの幸福を願うこと。そこにわたしはいない」

典真「嫌です」

美咲「あなたの道を歩みなさい」

典真「王妃」

美咲「さぁ、行きなさい」

典真「行きません。わたしはどこにも行きません。あなたのいない世界に、わたしの行く場所などありません」

典真、ト書きを読み上げる。

典真「コルネリア、アグリッピナをかき抱く」

美咲、典真が差し出す腕に挟まれて。

美咲「愛しい人よ。こんなにも嬉しいことはない。ずっとこうしていたかった」

典真、再びノートの、『おわり』の文字を見て、閉じる。

典真の表情に笑顔が浮かぶ。

美咲、それを見て、！　と。
典真、ピアノを見つめ、歩み寄る。
座って蓋を開ける。
ぽーん、ぽーんと、少しずつ音を鳴らす。
典真、思い返すように微笑みながら鍵盤を叩く。
かたわらで優しく見守っている美咲。

103　**道路（夕方）**

走るバスの車中、通路を挟んで隣り合って乗っている美咲と典真。
美咲のノートを手にしており、決意した表情の典真。
美咲、嬉しく微笑んでいると、バスが揺れた。
同時に同じ方向に傾く二人。

104　**三人の家・居間（日替わり、朝）**

台所で朝食を作っている美咲、優花。
練習がてらに歌を口ずさんでいる。

さくら、ラジオのチューニングを回している。
津永の放送はなく、お笑いやJ-POPの放送ばかり。

さくら「あの妄想野郎、どこに行ったんだよ」
優花「本当に妄想だったのかな」
美咲「(微笑んでいて)はい、できたよ、食べよ」

105 公立文化ホール・リハーサル室

典真の伴奏で、練習している子供たちの合唱団。
脇の長テーブルなどに腰掛けて、一緒に歌っている美咲、優花、さくら。
典真、歌い方の指導をしている。
美咲、そのように歌ってみる。

優花「なんか違うくない?」
さくら、歌ってみる。
美咲「あー(と、歌ってみる)」

優花「違うね」

106 三人の家・居間（夜）

合唱コンクール本番用の衣装を合わせた美咲、優花、さくら。
スカートが広がるのが嬉しくてくるくる回る三人。

＊

プラスチックのカップでテーブルを叩き、カップスの要領でリズムを取って、
ハミングしている三人。

107 公立文化ホール・ロビー（日替わり）

合唱コンクールの立て看板が立っている。
観客が集まってきている。
上から見下ろして、その様子を覗き込んでいる美咲、優花、さくら。
両親に連れられた子供たちの笑顔が見える。

三人組の女の子たちがはしゃいでいるのが見える。
美咲、優花、さくら、微笑んで見つめている。
アナウンスのチャイムが鳴る。
はっとして、走り出す三人。

108

同・ホールの舞台袖

すでに児童たちが待機しており、走ってくる美咲、優花、さくら。

美咲「待って待って待って」
美咲、優花とさくらの胸元のリボンを整えてあげる。
美咲「(優花のを直して)はい、よし。(さくらのを直して)はい、よし」
美咲、行こうとすると、優花とさくら、止めて。
優花「慌てない」
さくら「きをつけして」
美咲、背筋をのばすと、優花とさくらが二人で髪飾りを整え、リボンを直してくれる。

さくら「(直しながら)……美咲?」
美咲「うん?」
さくら「ありがとうね」
美咲「なんだよ」
優花「(直しながら)ありがとうね」
美咲「(嬉しいが)早くして」
優花「はい」
さくら「よし」
三人、向き合って、順番にハイタッチをしていく。
最後は三人で手を合わせ、微笑んだ。

109 同・ステージ

客席は多くの観客で埋まっている。
タキシード姿の典真と共に登壇する子供たち。
壇上に並んでいく。
最後に入ってきた美咲、優花、さくらも、ひな壇の端の方にぎりぎりで立てた。

全員、観客に礼をし、拍手が起きる。
典真、ピアノの前に座る。
緊張する美咲、優花、さくら。
指揮と共に、典真の演奏がはじまった。
合唱クラブの児童たちと一緒に歌いはじめる美咲、優花、さくら。

＊

『声は風』

1

はぎれの空から　花びら降り積もり
未来はいつでも　君を待っている

歩き続けよう　歌い続けよう
胸踊る方に

はなればなれでも　目に見えなくても
君に呼びかける

声は風　風は夢　飛んでけ
高く飛んでゆけ
永遠　最果て　約束
君が好き　背筋のばして
元気でね　元気でいてね
じゃあね　またね

2

悲しみのない　世界ってあるのかな
涙流したら　優しくなれるのかな

はじめての道　はじめての人と
お別れしながら

花が忘れても　種はおぼえてる
生きるよろこびを

声は風　風は夢　飛んでけ
高く飛んでゆけ
永遠　最果て　約束
君が好き　背筋のばして
元気でね　元気でいてね
じゃあね

屋上の夜　煙突の月
明日を夢見て　手をつないでみた
わたしは今も　ここにいるよ
声は風　風は夢　飛んでけ
高く飛んでゆけ

永遠　最果て　約束
君が好き　背筋のばして

声は風　風は夢　飛んでけ
高く飛んでゆけ
永遠　最果て　約束
君が好き　背筋のばして
元気でね　元気でいてね
じゃあね　またね

歌う美咲、優花、さくら。

*

回想、十二年前。

事件現場を後にし、街中をあてもなく歩く十歳の美咲、九歳の優花、八歳のさくら。

泣いている優花、さくら。

美咲、大丈夫だよと優花とさくらの手をつなぐ。

*

歌う美咲、優花、さくら。

*

回想、十二年前。

川に架かった橋の下で、雨をしのいで寄り添ってパンを食べている美咲、優花、さくら。

*

歌う美咲、優花、さくら。

＊

回想、十二年前。

誰も住んでいない家を見つけて、入ってくる美咲、優花、さくら。

ここがいいよ！　と微笑む三人。

掃除をする三人。

ソファーではしゃぐうちにひとつの毛布にくるまり、眠ってしまった三人。

＊

歌う美咲、優花、さくら。

＊

回想、十二年前。

美咲、ランドセルを取り出して、優花とさくらに背負わせてあげる。

嬉しそうに見せ合う優花とさくら、微笑む美咲。

＊

歌う美咲、優花、さくら。

＊

回想、十二年前。

交代して柱で身長を測り、印を付けている美咲、優花、さくら。

＊

歌う美咲、優花、さくら。

＊

回想、十二年前。
台所でご飯を作りながら食べている美咲、優花、さくら。

＊

美咲、優花、さくら、歌いきった。
典真も鍵盤を叩き、演奏を終えた。
観客が拍手を送る。
はあはあと呼吸をしながらも、満足そうな美咲、優花、さくら。

110　三人の家・玄関～居間（日替わり）

がらんとした廊下、寝室、居間。
静まり返った玄関のドアが開き、リノベーションの施工業者たちが入ってきた。

施工業者「よろしくお願いします」

大工たちが入ってきて、作業の支度をはじめる。

隅の方から見ている、背中にリュックを背負って、両手に荷物を提げた美咲、優花、さくら。

三人からは自分たちの住まいに見えている。

切なくも、淡々と見守るなか、作業員たちがハンマー、のこぎりなどを運ぶ。

三人の背丈の印のある柱の前に電動のこぎりを持った作業員が来た。

じゃあ行こうかと背を向け、歩き出す三人。

背後で電動ノコギリが柱を切る音がする。

111　三人の家の前

正面の門より出てくる美咲、優花、さくら。

施工業者の車両が駐まっている。

三人、家を振り返って。

三人「行ってきます」

家に背を向け、歩き出す三人。

112　公園

公園内を通り抜けていく美咲、優花、さくら。
茂みの中にリクガメがいて、三人を見送っていた。

113　東京の街角

人々が行き交い、ストリートミュージシャンたちが演奏しているなか、新しい家を探して歩いていく美咲、優花、さくら。

優花「次はさ、山の近くがいいな」
さくら「海がいいよ」
美咲「湖は？」
優花「いいね。壁はさ、水色に塗ろうよ」
さくら「窓は天井まで欲しいね」
美咲「まずキッチンでしょ、こういうコの字になってて」

優花「お風呂にも窓があって」
さくら「暖炉暖炉」
美咲「朝は鳥の声で目を覚ましてさ」
優花「ベッドで優雅にブレックファスト」
さくら「いいねー、美咲さん、ごちそうさまです」
優花「オムレツはとろとろでね」
美咲「あんたたち……待って、電車間に合わない、走って」
さくら「え、え、急には走れないよ」
美咲「走って」
優花「靴、靴脱げた」
美咲「こら走れ」

話しながら、人混みの中に自然と紛れて消えていく三人の後ろ姿。

終わり

元気でいて欲しい。そう願ってるし、きっとこっちが心配するまでもなく三人楽しく暮らしていることと思います。

新しく住む場所はもう見つかりましたか。湖の近くがいいなと話していたように思うので、あの後いくつかの電車を乗り継いで（おそらくは無賃乗車で）東京を離れたことでしょう。電車の窓から顔を出したりしませんでしたか。さくらは運転席に入ってみたいと言って、美咲と優花に叱られませんでしたか（いや、三人で入った可能性もあるか）。森林に囲まれた古い別荘もたくさんあるし、気に入った家を手に入れたでしょう。憧れの暖炉があるかもしれませんね。冬場は寒いと思うので、風邪など引かないように暖かいものをよく噛んで食べ、以前のような連日の夜更かしは控えてください。しばらくは慣れない新居に苦労するかと思いますが、君たちならなんとかなるでしょう。喧嘩しながらも、最終的には力を合わせて乗り切ってきた三人なのだから。応援しています。（眠くともお皿はその夜のうちに洗いましょう）

こっちは相変わらずです。今こうしている間もどこかで争っている人がいます。傷つける人がいます。お腹を空かせている人、痛みに耐えている人がいます。どこからか小さな子の泣き声が聞こえてくると、胸が締めつけられます。子供の頃、布団の中で泣きながら薄々勘づいていたように、たぶん悲しい出来事がこの世界からなくなることはないのでしょう。どうして人間は生まれてきたのだろうと思うことさえあります。可能ならばサルがヒトに変わろうとしているまさにその瞬間に立ち会って、待って待って！　早まらないで！　そのままでいて！　と声をかけたくなります。そんな想像してしまうこと、君たちはどう思いますか。

悲しいことは美味しいご飯を食べれば忘れられるのでしょうか。美しい花を見たら忘れられるのでしょうか。歌ったり踊ったりして、そのうち眠くなって朝起きたらさっぱり忘れているのでしょうか。どう思いますか。そっちから見て、こっちはどうですか。

耳をすますと、君たちの声が聞こえます。昔、君たちが合唱クラブにいた頃のこと。発表会まであとちょっと。サイズ違いの大きな上履きで文化ホールの部屋に集い、挨拶を交わしながらカーテンを開いたり、楽譜をスタンドに立てたりして練習の支度をはじめる。上手く歌えるかな。緊張しながら発声練習をする。澄んだ声があちらこちらから飛び交って、重なって、歌とも言えない声のかけらが部屋を満たす。君たちが思い描く未来が窓から斜光になって降り注いでいた。あの光。あの光をお遣いのお財布のようにぎゅっと握りしめ、こぼさないようにそのまま胸に抱えて廊下を走って走って走って走って走って、今君たちはそこにいる。誰にも奪えない。君たちが生まれて来た時に持っていたものは、君たちだけのものだから。消えない。失なわれない。終わらない。続いていく。

机のペンを転がしたり、照明をパチパチさせるだけで構いません。たまには声をかけてください。身長が伸びたら教えてください。雨が降りそうな時は傘を持てと倒してください。いつも君たちのことを思っています。新居での暮らしが快適でありますように。笑顔があふれる毎日でありますように。（美咲と優花は）来年こそサプライズバースデーパーティーが成功しますように。

じゃあね。またね。（暖炉の火は寝る前にちゃんと消しましょう）

坂元裕二　さかもとゆうじ

脚本家。主なテレビドラマ作品に、「東京ラブストーリー」、「わたしたちの教科書」(第26回向田邦子賞)、「それでも、生きてゆく」(芸術選奨新人賞)、「最高の離婚」(日本民間放送連盟賞最優秀賞)、「問題のあるレストラン」、「いつかこの恋を思い出してきっと泣いてしまう」、「Mother」(第19回橋田賞)、「Woman」(日本民間放送連盟賞最優秀賞)、「カルテット」(芸術選奨文部科学大臣賞)「anone」(MIPCOM BUYERS' AWARD) など。「Mother」、「Woman」は韓国、中国、トルコ、フランス、スペインなどでリメイクされ、世界40カ国で放送されている。また、朗読劇「不帰の初恋、海老名SA」「カラシニコフ不倫海峡」では脚本・演出を、演劇「またここか」では脚本を手がける。16年より東京藝術大学大学院映像研究科教授に就任。映画でオリジナルのラブストーリーを初めて手掛けた『花束みたいな恋をした』(土井裕泰監督) は幅広い世代の共感を呼び、異例のロングランヒットを記録。2023年には紫綬褒章受章。映画『怪物』(是枝裕和監督) では、第76回カンヌ国際映画祭にて脚本賞に輝いた。最近の主な作品に、ドラマ「大豆田とわ子と三人の元夫」、「初恋の悪魔」、映画『クレイジークルーズ』(Netflix／瀧悠輔監督)、『ファーストキス 1ST KISS』(塚原あゆ子監督) などがある。

片思い世界

2025年4月4日　初版第一刷発行

著者　坂元裕二

装丁　葛西薫

装画　西本未祐

発行人　孫家邦

発行所　株式会社リトルモア
〒151-0051　東京都渋谷区千駄ヶ谷3-56-6
電話：03(3401)1042　ファックス：03(3401)1052
https://littlemore.co.jp

印刷・製本所　株式会社シナノパブリッシングプレス

Printed in Japan

ISBN 978-4-89815-606-3 C0093